La Chambre de feu

DU MÊME AUTEUR

Portrait de Gabriel, roman, Gallimard, 1977.
Le Bal des débutantes, roman, Gallimard, 1978.
Histoire de Jeanne, récit, Mazarine, 1979.
Les Abîmes du cœur, roman, Gallimard, 1980.
Les Petites Annonces, roman, Gallimard, 1981.
La Favorite, roman, Gallimard, 1982.
La Nuit de Varennes, Ramsay, 1982.
Tentation, roman, Denoël, 1983.
Triomphe de l'amour, roman, Gallimard, 1983.
Regards de femmes, essai, Presses de la Renaissance, 1984.
Kidnapping, théâtre, Gallimard, 1984.
Soleil, roman, Gallimard, 1984.
Brigitte Bardot, un mythe français, Orban, 1986.
Retour à Cythère, roman, Gallimard, 1988.
La Petite Princesse de Dieu, Plon, 1992.
Le Plus Beau Jour de votre vie, nouvelles, Écritures, 1994.
Dalida, Plon, 1995.
La Dame au loup, roman, Stock, 1999.

CATHERINE RIHOIT

La Chambre de feu

roman

ÉDITIONS DU
ROCHER
Jean-Paul Bertrand

ISBN 2 268 04339 8

Ma chère Agathe,

Tu ne le croiras pas ! Je vais me marier ; on va me marier.

Je ne veux pas me marier ; je n'ai jamais voulu me marier ; je n'y ai jamais songé ; enfin, tu le sais, il n'en a jamais été question.

On m'avait dit que je ne me marierais pas, que c'était impossible. Je m'étais faite à cette idée. J'ai pour principe de ne désirer que ce que je peux avoir, ou que j'ai déjà. Je suis de nature pratique. Je laisse la lune où elle est : dans le ciel, où elle orne joliment la nuit.

Mais je n'ai pas le choix. Mon père m'a jouée aux cartes. Celui qui m'a gagnée s'appelle le marquis de Saint-Erre. C'est lui que j'épouse.

Écris-moi !

Clara

*

* *

Ma chère Clara,

Aux cartes ! Je te sais raisonnable, sinon je penserais que tu délires.

Je te sens inquiète et je le suis aussi. J'ai tort sans doute. La catastrophe est inespérée. Un mari c'est un mari, et un marquis un marquis. Et toi vingt-cinq ans, sans dot ! Tu te lamentes, mais tu penses comme moi que c'est trop beau. Il faut savoir ce qui cloche. Est-il très laid, très pauvre, très vieux ? Boite-t-il bas ?

Frédéric m'attend pour déjeuner. Leçon de mariage numéro un : ne pas exaspérer un mari. Et ils s'exaspèrent de peu, crois-moi.

Donne vite des détails.

Agathe

*

* *

Ma chère Agathe,

J'espère que la chère était bonne, et que Frédéric a la digestion facile.

Voilà comment cela s'est passé.

L'autre soir je ne pouvais dormir, et contrairement à mon habitude, je me tournais et me retournais dans mon lit. J'ai entendu des chevaux dans l'allée, et j'ai couru à la fenêtre. Le valet était sur le perron avec une lanterne. Une voiture s'est arrêtée, mon père en est sorti. J'en fus surprise, il vient si rarement…

Il a grimpé les marches d'une allure guillerette qui ne lui est pas coutumière. Le temps que je me coiffe, monsieur d'Orcelles m'accusant toujours d'avoir l'air d'une fille des bois, j'ai entendu ma mère dans l'escalier. Je suis descendue à mon tour, prête à remonter s'il y avait dispute. Je sais glisser le long des murs sans plus de bruit qu'un spectre. J'ai entendu les éclats de la voix paternelle. Il s'agissait de moi. J'ai hésité puis je suis entrée au salon.

Ma mère geignait. Avec mon père elle ne sait prendre que ce ton, qui encourage sa mauvaise humeur ; ensuite elle se plaint de sa brutalité. Elle se lamentait plus fortement que d'habitude :

– Je ne laisserai pas faire cela, il s'agit de ma fille !

– Il s'agit de la mienne aussi, répondait mon père. Cela se fera, je le veux et ne puis agir autrement. Voyons le bon côté de la chose...

Ma mère éclata en sanglots.

Je me montrai et demandai ce qu'on voulait de moi. Ma mère hoqueta de plus belle. Avec une fermeté inaccoutumée j'insistai :

– Je veux entendre ce que Monsieur mon père a à me dire.

– Vous vous mariez dans un mois, répondit-il.

Ma mère gémit. J'étais stupéfaite :

– Sans le sou, qui m'épousera ?

Mon père ménagea ses effets :

– Le marquis de Saint-Erre, un de mes amis.

– Un libertin ! hurla ma mère.

Il la fit taire d'un geste :

– Mieux vaut un époux libertin que pas d'époux du tout. Vous m'avez bien pris, moi !

– Je ne savais pas !

– Taisez-vous. C'est une chance qu'il soit libertin, et que je le sois moi-même. Nous aimons les paris absurdes, et ricaner à la face d'un monde qui le mérite bien.

Madame d'Orcelles quitta le salon en reniflant, remonta l'escalier d'un pas traînant. Mon père donna un coup de pied dans le feu qui se mourait. Je me dis que j'allais comprendre ce qui m'arrivait. En effet il s'exprima plus clairement.

– Votre mère a des raisons de se plaindre. Je l'ai courtisée pour sa fortune, qui n'était pas si grande. J'avais déjà joué la mienne. Le drame n'est pas que je joue, mais que je perde. Avec ma femme je me suis ennuyé ; et, pour me distraire, j'ai dilapidé ce que j'avais acquis en l'épousant. Le jeu est une putain diabolique. Honteux de ce désastre, je me suis éloigné pendant quelques années des cercles et des parties. Je vis à Paris chez une vieille maîtresse, que j'ai elle aussi poussée à tout perdre. Mais récemment cela m'a repris. J'ai joué un soir avec le marquis de Saint-Erre. À minuit j'avais perdu et ne pouvais payer ma dette. À ce point de désespoir le déshonneur même m'indifférait. J'ai dit :

– Il ne me reste rien qu'un manoir au toit percé, une épouse maussade et une fille très ordinaire.

Il a répondu :

– Je prends la fille.

Agathe, mon amie, je ne puis t'en raconter davantage ce soir ; le choc m'a épuisée, tout cela est tellement énorme que la plume me manque.

Clara

*

*   *

Ma chère Agathe,

On a toujours plus de courage le matin. Je reprends mon récit où je l'ai laissé.

Mon père continuait avec ce visage indifférent qu'il n'abandonne que dans les moments de colère :

– Monsieur, ai-je répondu à Saint-Erre, il y a des degrés dans l'infamie. Je n'ai pas l'intention de les franchir tous. Il ne s'agit pas de prendre, il faut épouser.

– J'épouse.

– Vous ne connaissez pas ma fille.

– Je la connaîtrai en temps voulu.

Là-dessus Saint-Erre est parti, l'air aussi désinvolte que quand il sut qu'il avait gagné. Cet air qui s'accorde avec nos manières d'être, il le pousse à la perfection. Je suis monté en voiture et me voici.

Deux nuits que je ne dors pas, je suis poudreux du voyage, et votre mère n'a pas daigné me servir à dîner...

Je suis allée à la cuisine qui était déserte. Toute la maison dormait. Je n'ai pas voulu réveiller la servante, je craignais les racontars. J'ai coupé quelques tranches d'un jambon et je les ai servies à mon père. J'espérais des détails mais en vain.

– J'en ai assez dit, j'ai faim.

– Comment est le marquis de Saint-Erre ?

– Vous le saurez bien assez tôt.

– Il sera rentré dormir ; au réveil, il n'aura plus voulu de moi.

– Priez pour qu'il veuille de vous. Sinon c'est la maison que nous perdons, et vous n'aurez plus de toit sur la tête. À Paris, où je ne suis pas chez moi, je suis mieux toléré qu'ici, où j'ai toujours l'impression qu'on attend que je reparte. Toutefois je doute que la bonté de ma maîtresse aille jusqu'à vous loger votre mère et vous. Ne prenez pas l'air d'une poule qui vient de pondre son premier œuf. Mais pensez bien à cela quand vous verrez monsieur de Saint-Erre. Cela vous aidera à vous montrer aimable.

Il reprit une tranche de jambon, se versa du vin, et éclata de rire :

– Je m'acquitte et je case ma fille ; la belle affaire !

Il a levé son verre à ma santé.

Agathe, ma seule amie, je croyais ma vie tranquille et réglée. Je me disais : je n'ai rien mais ce rien est à moi, ce rien c'est moi. Je me trompais. Ce rien même on m'en dépouille.

Clara

*
* *

Ma chère Clara,

Pourquoi ton père refuse-t-il d'en dire plus long ? C'est suspect ! Ce marquis est-il marqué de la vérole ? Est-il noué, incapable d'honorer une femme ? Débrouille-toi, tu dois savoir ! Je te quitte, car nous partons pour la messe,

Agathe

*
* *

Ma chère Agathe,

Je n'ai que toi à qui me confier, et tu accrois l'angoisse qui me dévore ! Ma mère aussi répète qu'un sort épouvantable m'attend :

– Ma pauvre enfant, c'est affreux !

– Comment le savez-vous, le pire n'est jamais sûr...

– Je le sais.

– Si vous n'en savez pas plus que moi, vous ne savez rien.

– Je ne sais rien mais je sais.

– Parce que mon père vous a rendue malheureuse, vous croyez que tous les hommes sont des monstres. La complaisance au chagrin vous bouche l'horizon.

– C'est la malédiction d'une mère, de ne pouvoir transmettre à sa fille ce qu'elle a compris trop tard elle-même. Vous voir si sage me peinait, car la raison chez vous ressemble à de la résignation et à vingt ans, on n'a pas l'âge d'être résignée. Je vois que c'était le masque du désespoir, et que ce même trait vous précipite tête baissée dans une aventure plus triste encore que cette absence d'horizon dont vous vous contentiez jusqu'ici.

– Si cet homme ne m'épouse pas, dormirons-nous à la belle étoile ?

– Nous pourrions nous réfugier chez ma cousine, qui s'ennuie au fond de son château trop grand pour elle.

– Elle est revêche et sent mauvais. J'ai du mal à la supporter une fois l'an !

Je me suis enfuie en courant de la maison. Je n'aime plus autant qu'avant fouler la rosée, cueillir les noisettes dans les chemins creux, couper des brassées de renoncules et me tremper les pieds en cherchant des iris d'eau. Il y a un an ces errances avaient un but. J'allais te voir, les quelques lieues qui nous séparaient me semblaient courtes. Tu m'offrais du chocolat. Nous riions ensemble, chacune comprenait tout de l'autre. Je rentrais à la nuit, les jupons boueux mais les joues roses. Ma mère me grondait pour mes bas déchirés mais je ne l'écoutais pas.

Quand tu t'es mariée, j'ai envié tes dentelles, pas ton époux. Je trouvais ton Frédéric embarrassé de sa personne, mais tu riais et tu pleurais à la fois. Je me suis dit que tu serais heureuse.

Je savais que sans dot et sans beauté personne ne m'épouserait, moi. Mais le mariage rendait ma mère misérable. La vie est un jeu de hasard, il faut accepter les cartes qu'on a tirées. Je croyais les règles fixées une fois pour toutes. J'oubliais que Dieu change la donne comme il veut.

Clara

*

* *

Ma chère Agathe,

Ta timidité est un charme et un défaut. Tu n'as jamais su poser de questions, moitié par crainte moitié par fierté. Tu crains qu'on ne te réponde pas, ou mal. Ta résignation n'est pas désespoir mais nonchalance. Pour ne pas te jeter dans l'action, tu préfères savoir le plus tard possible. Autrefois je secouais cette inertie. Comme je regrette d'être à deux jours de voiture !

Avant de recevoir cette lettre, tu seras sûrement fixée sur ton sort, que je ne vois pas si noir. Tu t'en souviens, je redoutais moi aussi le mariage. Mais Frédéric et moi nous entendons assez bien, et nous aurons des enfants. Cela remplit la vie d'une femme et lui fait oublier les déceptions. Il y a aussi de bonnes surprises. Peut-être, à cet époux qui te tombe du ciel, te confieras-tu aussi bien qu'à moi.

Par stoïcisme tu imagines le pire. Mais tu n'es pas faite pour demeurer toujours dans cette solitude campagnarde qui te pèse quoi que tu en dises et te pèserait davantage encore avec le temps. Alors va de l'avant !

Agathe

*
*   *

Ma chère Agathe,

Mon père hâte le mariage, afin que son partenaire de jeu n'ait pas le temps de se repentir.

Voilà deux jours que je n'ai rien mangé. Il me semble que je vomirais le monde entier.

Clara

*
*   *

Ma chère Agathe,

J'envoie cette lettre juste après la précédente : j'ai reçu sa miniature ! Il n'a donc pas renoncé, au contraire. Trente ans, fort joli. Le nez fin, les yeux sensibles et la bouche souriante.

Et pourtant mon appréhension croît.

Clara

*
*   *

Ma chère Clara,

Te voilà amoureuse d'un portrait. Ton appréhension n'est plus que celle du bonheur.

Ne redoute pas le mariage. La première nuit est un moment à passer. Après on s'habitue. Cela ne concerne qu'une toute petite partie de soi. L'erreur est d'y accorder de l'importance, au lieu de jouir du reste.

Agathe

*
*   *

Ma chère Agathe,

Frédéric et toi êtes invités au mariage. J'espère que tu viendras, j'aurai au moins une sûre raison de me réjouir. À part vous, mes parents, le notaire, le prêtre et Saint-Erre, personne. C'est mieux ainsi.

Je ne suis pas amoureuse, surprise seulement. Je contemple son portrait que j'ai toujours sur moi. Tu as raison, il faut s'habituer, il faut s'habituer quand même. L'habitude est une illusion qui rend la vie plus facile.

Mon père me voyant absorbée dans la contemplation de mon promis s'est radouci. Je lui ai tiré quelques mots. Monsieur de Saint-Erre est assez riche et habitué à une vie brillante. Sans argent, éducation ou beauté, j'ai toujours vécu retirée. Tout nous sépare.

Il sera ici très vite. Je crains sa déception quand il me verra. Il repartira pour Paris sans moi, et je souffrirai : j'ai commencé à me faire à son idée. Décidément, il ne faut jamais s'habituer à rien.

Tu connais l'homme, apprends-moi.

Clara

*

* *

Ma chère Clara,

On apprend l'homme en le pratiquant. Rien ne peut vous y préparer. Ils sont tous semblables et différents à la fois. C'est une espèce, composée d'individus. Certains merles chantent mieux que d'autres, mais ce sont des merles.

Ne te demande plus pourquoi il veut t'épouser. L'essentiel est qu'il le fasse.

Ton invitation est une merveilleuse occasion de nous revoir. Mon amitié te soutiendra ce jour-là,

Agathe

*

*   *

Ma chère Agathe,

En remerciement de son médaillon, je dois lui envoyer le mien. Mon père a fait venir un peintre, un garçon du village qui sait dessiner et qui parcourt le pays en faisant des portraits. Je pose pour lui. Mon père lui a dit :

– Rien dans le visage de ma fille n'attire ni ne repousse. Une laideur piquante vaut mieux que cette monotonie. Animez-la, tant pis si c'est moins ressemblant. Il ne faut pas que le prétendant change d'avis.

Après son départ le peintre a dit :

– C'est l'absence de joie qui vous éteint. Si vous êtes heureuse vous serez jolie. J'ai l'expérience des visages, la beauté est plus facile qu'on ne se le figure. Je ne forcerai pas le trait. Je vous ferai comme vous êtes, je mettrai seulement un peu de bonheur à vos joues.

Le peintre ne mâche pas ses mots. Ses paroles m'ont grandement réconfortée. Je pose avec plaisir,

Clara

*
*   *

Ma chère Clara,

Le peintre a raison : l'amour te rendra belle. Tu l'as toujours été à mes yeux,

Agathe

*
*   *

Ma chère Agathe,

La miniature est achevée. Elle n'est pas trop mal, en tout cas c'est bien moi. Contre l'avis de mon père, j'ai joint une lettre à l'envoi. Je t'en donne copie :

« À Monsieur de Saint-Erre,

Monsieur,

En échange de votre portrait, voici le mien. Je crains qu'il ne soit pas pour vous une surprise aussi agréable que le vôtre l'a été pour moi. Bien que mon père vous ait prévenu vous n'y trouverez pas ce que vous espériez sans doute. Vous êtes riche, beau, brillant, je ne suis rien de tout cela. Pourquoi moi ? »

Clara

*
*   *

Ma chère Clara,

Tu as pris un risque, je te reconnais bien là. On nous apprend à dissimuler pour attraper les maris mais cela se paie cher et on a la vie pour s'en repentir. Je n'ai rien caché à Frédéric, je n'ai pas prétendu l'aimer à la folie. Le temps nous rapprochera, les enfants seront un lien plus solide que ne l'eût été la passion. Tu obliges Saint-Erre à se découvrir, ce qui t'évitera des déconvenues plus tard. J'espère que tu n'en auras pas trop vite, aussi tiens-moi au courant de sa réponse.

Agathe

*
* *

Ma chère Agathe,

Voici, qu'en penses-tu ?

« À Mademoiselle Clara d'Orcelles,

On n'épouse pas un visage mais une personne. Je vous ai mandé mon portrait pour apaiser vos craintes qui devaient être considérables. Je ne suis ni vieux ni laid ni pauvre. J'ai d'autres défauts moins faciles à découvrir. Vous aussi sans doute. C'est la loi du mariage d'apprendre à s'accommoder de ces choses-là. Une union a plus de valeur quand elle n'est pas rendue facile par la convoitise.

Vous êtes franche et la dissimulation m'est insupportable chez une femme. C'est un point d'entente, nous en trouverons d'autres.

Saint-Erre »

Ce courrier m'enchante, mais à vrai dire j'ose à peine y croire.

Clara

*
* *

Ma chère Clara,

Ce courrier m'enchante. L'expérience de ta mère n'est pas universelle, et les hommes ne sont pas nos bourreaux. Je me réjouis du bonheur qui t'arrive et que tu mérites.

Mais je me réjouis pour moi encore plus. Toi aussi réjouis-toi avec moi, réjouissons-nous l'une pour l'autre. Car voilà, la vie en moi est en route !

La seule ombre, c'est que je ne pourrai pas assister à ton bonheur. Deux jours sur de mauvais chemins : le médecin me le déconseille, et Frédéric, par ailleurs fou de joie, me l'interdit absolument. Cette déception, tu en conviendras, ne compte pour rien auprès du reste.

Agathe

*
* *

Ma chère Agathe,

J'ai tant lu sa lettre que le papier menace de tomber en morceaux. Il sera là dans quelques jours. Je saurai alors si ma chance est aussi grande qu'elle paraît. Quand je ne le relis pas, je répète ses mots que je connais par cœur.

En toute hâte on me marque un trousseau. On pensait si peu me marier que cela n'avait pas été fait. En sus de ma mère et de moi deux femmes du village y œuvrent. J'attends la couturière. Mon père a décidé que trois robes suffiraient :

– Je ne dépenserai pas pour vous l'argent que je n'ai pas. À moins que vous ne vouliez que je joue à nouveau aux cartes. Les résultats après tout ne sont pas si mauvais...

Il a retrouvé sa vilaine humeur, tout cela l'ennuie désormais. Sitôt « l'affaire conclue », il repartira pour Paris et sa vie de dissolution.

La première robe sera ivoire pour les fiançailles, la deuxième blanche pour le mariage et la troisième bleue, pour le voyage. Ensuite mon mari m'habillera. Cela m'est presque indifférent, j'ai trop appris à ne pas convoiter,

Clara

*

* *

Ma chère Clara,

On ne court plus les bois quand on est marquise. Tu dois apprendre à aimer la toilette. Se faire épouser ne suffit pas. Il faut plaire et plaire encore, il faut plaire longtemps, et crois-moi c'est tout un art.

J'étais en chemin d'apprendre mais à présent autre chose m'occupe. J'endure des malaises volontiers comme signe de cet enfant qui m'attend, j'en suis convaincue, autant que je l'attends moi-même.

J'ai la mine jaune mais Frédéric en est attendri. Il est plus attentionné que naguère. Ce que j'avais prévu semble se réaliser. La paternité est pour lui une passion, elle nous éclairera.

Je pose les mains sur mon ventre encore plat, j'écoute le silence qui croît. Je reste des heures assise à une fenêtre qui donne sur le parc, je regarde les arbres et il me semble que je les vois pousser. Je me confonds avec eux, la paix des feuilles est la mienne. Il m'a fallu l'abriter pour comprendre ce qu'est la vie. Je prie pour que cela t'arrive aussi.

Agathe

*
* *

Ma chère Agathe,

Nos bonheurs se rejoignent.

Mes initiales sont sur tout mon linge, entrelacées à celles de Saint-Erre.

La couturière m'a dit :

– Je fais de mon mieux dans le temps qu'on me donne. Après les épousailles, mes pauvres robes vous n'en voudrez plus, vous les donnerez à votre fille de chambre.

J'ai demandé si dans ma toilette de fiançailles je n'étais pas trop terne.

– Non, vous êtes pleine de santé.

– Oui mais de beauté, non.

– Cela peut venir, cela dépend du mari. J'ai déjà vu de très belles filles devenir laides après.

Elle me regardait du coin de l'œil et se moquait de moi. Je me suis souvenue que le peintre m'avait dit :

– Si vous le voulez vous serez jolie, il suffit de vouloir.

Je ne l'ai jamais voulu avant, maintenant je le voudrais bien. Enfin je voudrais vouloir, seulement je ne sais pas comment vouloir.

Clara

*
* *

Ma chère Clara,

Tu te tiens dans l'ombre pour ne rien risquer mais le moment n'est plus à la prudence. Ce mariage, tu le dois au fait que ton père a joué son va-tout. Toi aussi tu joues tout : sache-le, sinon c'est perdu d'avance.

Le succès d'une vie de femme tient au courage de la volonté, même si c'est le contraire qu'on nous apprend.

J'ai ton âge mais il me semble que j'ai dix ans de plus. C'est le mariage qui fait cela. Tout va très vite.

Agathe

*

* *

Ma chère Agathe,

J'ai très envie maintenant d'être mariée. J'ai peur qu'au dernier moment il ne vienne pas. Ou que pire encore, m'ayant vue, il remonte en voiture et reparte.

L'enfant qui pousse au fond de toi, je l'embrasse déjà.

Clara

*

* *

Ma chère Agathe,

Je t'écris à nouveau sans attendre ta réponse à ma dernière lettre. Dans ma grande agitation me confier est mon unique soulagement. Ici on se plaint de mon silence mais si je ne parle pas c'est que personne ne m'écoute. J'ai pris le parti de me taire très tôt par économie de déception.

Lorsque nous étions ensemble je me taisais aussi car je savais que mon silence te parlait.

Ma mère croyant me réconforter m'a dit que les hommes préfèrent les femmes muettes. J'espère que monsieur de Saint-Erre est de ceux-là et ne s'attend pas à trouver chez moi beaucoup de conversation.

Je me suis souvenue que pendant que je posais pour mon portrait le peintre m'avait demandé :

– Je travaille dans le silence, cela ne vous coûte pas trop ?

J'ai répondu :

– Non, il me semble que les mots font mal.

Il a rectifié :

– Ils font souffrir, pas toujours mais presque.

Il m'a regardée, a repris un détail de son pinceau si fin qu'on le voyait à peine et :

– C'est que nous les employons à tort, nous les dévoyons.

À nouveau très rapidement un coup de pinceau puis en soupirant :

– Le monde marche à l'envers.

Il a rougi et s'est détourné. Je me suis demandé ce qu'il avait voulu dire puis je suis revenue à mes moutons dans ma tête. Alors lui, lisant ma pensée :

– On vous aimera comme on vous trouvera. C'est le devoir d'un époux.

Crois-tu qu'il disait vrai ?

Clara

*
* *

Ma chère Clara,

Quelle joie de recevoir deux lettres en même temps ! Écris-moi tant que tu pourras. Le médecin m'interdit les longues promenades, et Frédéric visite des métairies lointaines. Je suis comme une feuille repliée qui attend l'été. Seules tes lettres animent ma léthargie.

J'attends pour moi, j'attends pour toi aussi. Je prie sans trop d'inquiétude pour ton avenir. Tu te tourmentes à cause d'un grand désir de remplir au mieux tes devoirs. J'y vois aussi la conviction, qui t'a toujours habitée, de ne pas avoir droit au bonheur. Cela t'a permis d'accepter le sort qui t'était fait sans colère, et de profiter des miettes de félicité qui se trouvaient à ta portée. Cette qualité d'oiseau, je l'ai toujours admirée. C'est un art et aussi un privilège. Mais l'oiseau sait prendre son vol, et si dans ton changement de situation tes yeux restent rivés à terre, tu t'interdiras les bonheurs ailés auxquels tu pourrais prétendre.

Si le peintre, un être simple, t'a vue comme tu es, monsieur de Saint-Erre le percevra d'autant plus. Chanceux, il l'est autant que toi. Ton assurance modeste, ta conscience naturelle de toi-même, plus que des séductions brillantes, des machinations rusées, te rendront aimable.

Agathe

*
*　*

Ma chère Agathe,

Il sera là dans quelques heures. Chaque minute qui passe il me semble que j'enlaidis. Je n'ai jamais eu si peur de ma vie. Comme c'est étrange que ma vie entière dépende d'un être que je ne connais pas, qui ne m'a jamais vue, et qui ne peut rien éprouver pour moi ! Comme il est surprenant que mon cœur batte si fort pour lui ! Mais c'est un homme, il est de ceux qui décident, affirment et conquièrent. Il n'a pas les mêmes appréhensions que moi. Ou peut-être si, car un homme est quand même un être humain. Et moi en ce moment précis je crois à peine appartenir à l'humanité. Je me sens une souris plutôt qu'une femme. Mais une souris a au moins un trou par où disparaître et s'engloutir.

Je t'écris de cette petite chambre de la tour où nous nous retrouvions. De la fenêtre on voit toute la campagne. La vie m'y paraissait moins étroite. J'y ai souvent eu le pressentiment que quelque chose surgirait au loin qui m'ouvrirait le monde, comme si la constance de mon regard pouvait faire naître l'inconnu. Je sais maintenant que mes yeux n'y étaient pour rien. Le hasard a tout fait.

Hier au souper ma mère s'est effondrée. La tête dans les bras et les cheveux dans son assiette elle criait :

– Ce mariage ne se fera pas ! Je n'enverrai pas ma fille au malheur !

Mon père a éclaté d'un rire glacial. Ma mère a répété qu'elle voulait mourir. Mon père est devenu encore plus froid et s'est adressé à moi :

– Emmenez-la dans sa chambre, qu'on lui donne sa potion, qu'elle dorme et qu'elle se taise. Vous serez marquise de Saint-Erre.

Avec la servante j'ai couché ma mère et je l'ai calmée. En grelottant sous ses édredons elle a repris d'une voix changée et basse :

– Votre père est un libertin.

– Vous ne cessez de le répéter.

– Saint-Erre est de la même espèce.

– Avec mon père j'y suis habituée. Mieux vaut qu'ils se ressemblent, je m'y retrouverai plus facilement.

– Vous ne savez pas ce que sont ces gens-là, on ne le comprend que dans l'intimité. Quand on en voit l'horreur c'est trop tard. Je me suis résignée au malheur mais s'il s'abattait sur vous, ma défaite serait absolue.

Ma nuit fut difficile. Le ciel était sans lune et sans étoiles et il m'a semblé que ma vie aussi s'obscurcissait. Ce matin ma mère n'a pas paru. Mon père semblait moins sûr de lui. Il m'a parlé assez gentiment :

– Votre mère n'est plus la même depuis que le malheur nous a frappés. Elle déforme tout. Je suis content que vous partiez.

Il évoquait la mort de mon frère noyé quand il avait trois ans et moi six. Son nom n'est plus jamais prononcé. Je me souviens qu'avant ma mère chantait. Un jour j'ai dit :

– Vous avez le cœur gai.

Elle m'a répondu :

– Ce n'est pas parce qu'on chante qu'on a le cœur gai.

Alors déjà elle était malheureuse.

La disparition de mon frère m'a convaincue que la vie est une chance immense, et que je ne saurais demander davantage.

Un point apparaît au loin sur la route, ce point avance et grossit. C'est lui !

Clara

*

*   *

Ma chère Clara,

Le point ne doit plus être d'interrogation ! Plais-lui, plais-lui beaucoup, ose lui plaire. Que ta lumière brille ! Ne reste pas dans l'ombre d'une perte ancienne. Va seulement prier sur la tombe de l'ange qui te dira, j'en suis sûre : vis, vis, vis !

Agathe

*
* *

Ma chère Agathe,

Le point n'était qu'un messager venu dire que Saint-Erre, retenu à Paris par une affaire, n'arriverait que le lendemain.

Je me précipitais vers la porte pour me jeter dans les bras de l'avenir quand ma mère m'a arrêtée. Elle était en colère :

– Si monsieur de Saint-Erre était ici, cette précipitation serait du plus mauvais effet. La première chose qu'une femme doit apprendre, c'est à ne pas révéler ses désirs. Sinon les hommes le lui font payer. Une mère ne peut donc rien enseigner à sa fille ? Si vous vous ruez dans ses bras, cet homme fera votre malheur comme votre père a fait le mien.

– En me rebiffant, j'attirerais le ressentiment d'un père à qui le devoir m'ordonne d'obéir.

– Le devoir a bon dos, quand un père se montre indigne. Je ne vous savais pas si empressée à vous soumettre.

– C'est tard pour me pousser à la rébellion, vous ne m'avez jamais donné d'autre exemple que la résignation ! Si cela ne se fait mon père nous abandonnera. Qu'avez-vous prévu pour moi ? Vous n'avez jamais songé à mon avenir, j'étais une morte en sursis. Mais je veux vivre et je vivrai. Et je ne saurais vivre plus mal près d'un mari qu'auprès de vous !

– C'est bien parlé, dit monsieur d'Orcelles attiré par les éclats de voix. Vous avez plus de caractère que je ne croyais.

Les choses sont rentrées dans l'ordre. Ma mère est comme un chien que j'avais autrefois, qui jappait trois ou quatre fois avant de se réfugier sous un meuble. Elle s'est couchée volets fermés avec sa potion.

Je suis retournée sous le chêne où gît mon frère. Je lui ai parlé mais il ne m'a pas répondu. Ou peut-être n'ai-je pas su l'entendre.

Alors je suis retournée dans la chambre haute, d'où je guette encore par la fenêtre.

À nouveau un point grossit lentement, cette fois ce sera lui !

Clara

*
* *

Ma chère Clara,

Depuis deux jours je ne pense qu'à toi. Je me dis : Est-elle heureuse ? L'aime-t-elle et surtout l'aime-t-il ? Comment pourrait-il ne pas l'aimer ?

Je dis « surtout » en ce qui le concerne. Car je ne doute pas de ta capacité à aimer. Elle dort en toi depuis toujours. Elle a crû dans l'obscurité et le silence. Tu n'es pas comme celles qui ont brûlé trop vite en s'amourachant de tout ce qui leur passait sous le nez de masculin et d'un peu avenant – même au fond de la campagne il en passe toujours. Je ne crains qu'une seule chose, c'est que lorsqu'on le lui permettra, cette source belle et pure ne jaillisse avec une violence qui effraiera celui qui s'y abreuvera.

Les hommes aussi peuvent aimer. Mais cela leur vient moins facilement qu'à nous. Cette faculté sommeille en beaucoup d'entre eux. Le mot est trop faible, elle est ensevelie, et à une grande profondeur. Ces Beaux au Bois dormant craignent l'éveil. Alors, comme des animaux nocturnes, ils clignent des yeux et tremblent dans la lumière de l'amour. Il faut les rassurer, les habituer, les apprivoiser.

Mon Frédéric est ainsi. Je l'avais sous-estimé, je n'attendais de ce mariage qu'une agréable entente. Mais depuis que j'attends son enfant il n'est plus seulement aimable, il aime. J'ai cru à un effet passager, mais la métamorphose se confirme. J'en suis incroyablement heureuse. L'amour est un jardin. Qu'on le cultive par nécessité ou plaisir, les fruits en seront d'autant plus doux qu'on aura moins espéré d'abord. Il faut donner pour donner, sans escompter des résultats qui viennent quand on ne les attend plus.

Voilà mon expérience. Je t'en souhaite une plus belle encore,

Agathe

*

* *

Ma chère Agathe,

Ce n'est pas un homme, c'est un rêve ! Monsieur de Saint-Erre est plus beau et plus charmant que sur son portrait. Les traits fins mais affirmés, les boucles sombres soyeuses comme celles d'un enfant, les yeux noirs liquides, la bouche bien ourlée. Il n'est pas très grand mais il est mince, élégant à la mode de Paris, c'est-à-dire qu'il semble négliger tout ce qu'il porte.

Je l'ai vu pour la première fois devant la maison. Je me tenais sur le perron comme il descendait de voiture.

– Ne restez pas plantée la bouche ouverte, a murmuré mon père, sinon il repart pour Paris.

J'ai refermé la bouche, je me suis forcée à sourire. Je sentais que je rougissais jusqu'aux cheveux. Si mon père ne s'était pas tenu derrière moi, j'aurais couru me cacher au fond des greniers.

Plus tard Saint-Erre m'a dit :

– Ce premier embarras était charmant. En cet instant j'ai su que j'avais eu raison et que vous seriez vraiment ma femme.

Mon cœur bat si fort en racontant cela que je ne peux écrire davantage.

Clara

*
* *

Ma chère Clara,

La séduction aime les surprises. Saint-Erre a connu à Paris des femmes sûres d'elles, trop sans doute, sachant feindre l'indifférence ou la légèreté. Et toi tout de suite tu l'as adoré. Ta mère a tort de te prêcher la retenue : c'est un homme qui adore être adoré. Suis ton instinct, jette-toi à ses genoux. Laisse ton cœur battre, rougis, défaille. Enfin sois l'opposé de la créature raisonnable que tu as toujours voulu paraître. Je ne suis pas surprise, les eaux tranquilles sont profondes.

Quelle chance de plaire en étant seulement soi-même, quel bonheur d'être révélée par l'amour !

Sois cela, seulement cela, tout à fait cela et fie-toi à Dieu. Car Dieu, c'est cela même.

Agathe

*
* *

Ma chère Agathe,

Voilà quelques jours que je ne t'ai pas écrit : comme tu le devines j'ai été fort occupée. Je me suis dit que tu en serais soulagée, car je crains de t'accabler sous un flot de lettres. À mesure de notre séparation, mon besoin de t'écrire croissait. Privée de toi je suis privée d'air. J'ai toujours vécu sous l'eau, il y fait frais et on y est tranquille. Pour autant je ne suis pas devenue poisson. Je dois sortir régulièrement la tête de l'élément qui m'est habituel mais non naturel, afin d'avaler auprès de toi de grandes goulées d'air, qui me permettent de replonger et de tenir.

Pourrai-je respirer auprès de Saint-Erre ? Il est encore trop tôt pour le dire. Mais je ne puis vivre par moi-même ; je suis un lierre, m'attacher m'est indispensable. Et toi, tu n'as pas besoin de moi comme moi j'ai besoin de toi.

Clara

*
* *

Ma chère Clara,

C'est parce que j'ai Frédéric, et cet ange avec qui déjà je dialogue à chaque instant.

Toujours la parole est nécessaire, et la parole vraie, c'est le souffle. Ne te crois pas différente en cela, tous nous avons besoin des autres pour vivre. Tu le ressens plus vivement pour avoir vécu trop longtemps entre un père absent à tous et une mère absente à elle-même d'abord, donc à toi ensuite. Cela a rendu ta solitude très douloureuse.

Ton besoin c'est ta simple humanité. Accepte-le et va vers celui que le sort te destine. Tu crains de t'élancer de peur qu'il n'y ait personne au rendez-vous, ou qu'on ne s'y rende que pour t'abandonner. Mais le pire n'est pas de souffrir, c'est de ne pas vivre. Aussi va, parle, écris, aime, emplis tes poumons !

Agathe

*

* *

Ma chère Agathe,

Je suis tes conseils. Tu me précèdes toujours sur le chemin de la vie.

Je ne t'ai pas parlé de lui dans ma dernière lettre par pudeur superstitieuse. J'ai du mal à croire ce qui m'arrive. Pourquoi serais-je heureuse ? Car je le suis. Pourquoi la vie me ferait-elle soudain ce cadeau ?

J'ai posé la question à Saint-Erre. Nous étions assis au bord de la pièce d'eau, sur ce banc moussu où nous nous arrêtions souvent toi et moi. Il m'a répondu :

– C'est vous qui êtes un cadeau pour moi.

Alors j'ai osé :

– Il y a beaucoup de femmes intéressantes à Paris.

– Qui vous dit que j'ai envie d'une femme intéressante ?

J'ai reçu cela comme un coup. Le voyant il a repris :

– Les femmes intéressantes j'en ai eu, j'en suis lassé.

– Vous vous lasserez de moi plus vite encore.

– On se lasse d'une maîtresse, non d'une épouse. Une maîtresse c'est pour l'instant, une épouse c'est pour toujours.

Ces paroles me parurent merveilleuses. Pourtant son air distrait m'inquiéta. Je demandai s'il les disait parce qu'il pensait devoir les dire. Il s'est rembruni :

– Je ne dis que ce que je veux bien dire.

J'ai craint de lui avoir déplu mais il a ajouté :

– J'ai des préoccupations que je ne peux encore vous confier. Laissez-moi du temps.

Il regardait l'eau. J'ai eu plus d'audace :

– Je vous aimerai entièrement. Quand vous le comprendrez vous me ferez confiance. À votre convenance, cachez-moi tout ou ne me cachez rien.

Il m'a pris les mains et m'a regardée intensément :

– Cela existe donc d'être aimé entièrement ? J'ai peine à le croire.

– Vous le croirez. Vous aussi, donnez-moi le temps.

Clara

*

* *

Ma chère Agathe,

Je reprends cette lettre le lendemain au réveil, en chemise devant ma fenêtre. Les arbres sont sous la brume, je crois qu'il fera beau. Hier soir j'ai été interrompue par la cloche du dîner, ensuite il a fallu faire de la musique. J'aime chanter mais je n'ai jamais pris de leçons. Ma mère m'a appris à déchiffrer, mais je ne connais que des airs simples et démodés. Notre vieille épinette n'est pas toujours des plus justes. Je craignais de m'exposer au ridicule, mais ma mère a insisté. Après avoir renâclé devant ce mariage, elle se décide à prendre bonne figure :

– Puisque cela doit se faire, autant que cela se fasse le moins mal possible.

Je me suis dit qu'après tout Saint-Erre lui plaisait. Comment voir en lui un monstre ? Elle est aimable et souriante et tente de me mettre en valeur, comme si au moment de me perdre elle tenait à prouver que je ne suis pas si mal, puisque c'est elle qui m'a faite.

J'ai donc chanté nos vieux airs en me disant qu'après tout je les préférais à des musiques à la mode. J'ai guetté sur le visage de Saint-Erre quelque ironie, mais je n'en ai pas trouvé. Il a dit simplement :

– C'est plus rafraîchissant que ce que j'ai l'habitude d'entendre.

Ensuite mon père et lui se sont retirés pour jouer aux cartes, sans enjeu puisque mon père n'a plus d'argent et pas d'autre fille à parier.

Je suis restée devant le feu avec ma mère et j'ai dit prudemment :

– Monsieur de Saint-Erre est très poli, à moins qu'il ne joue bien la comédie.

Ma mère a répondu tranquillement :

– Ni l'un ni l'autre, il est vraiment charmé. Pour un libertin blasé la simplicité est délicieuse à pervertir. Mais je vous connais assez pour savoir qu'il ne vous convertira pas à ses vues. Dès qu'il l'aura compris il se lassera. Ces gens ne jouissent que par le mal. Vous tenterez de l'amener au bien, vous y userez votre énergie et y briserez votre cœur ; cela lui donnera un peu de satisfaction, qui ne durera pas. Vous devez vous endurcir sans tarder, ne jamais vous attendrir. Vous n'imaginez pas les ruses de ces gens-là. Faites-lui comprendre promptement qui vous êtes. Il est corrompu par la facilité. La perspective de la victoire l'excitera, celle d'une défaite le fera battre en retraite. Vous devez devenir une forteresse imprenable. Ne lui laissez pas la plus petite faille où se glisser, ne lui montrez pas que vous le devinez. Il reprendra la route de Paris tôt ou tard. Plus vite ce sera mieux cela vaudra pour vous. Qu'il parte avant de vous avoir détruite !

Un cri m'a échappé :

– Quelque chose m'arrive enfin : un homme me regarde. Et ce regard me tire de cette espèce de mort où vous me mainteniez. C'est cela que vous ne pouvez admettre. Le piège ce n'est pas lui, c'est vous. Vous ne supportez pas de me voir heureuse !

– Pas si c'est un faux bonheur, car la désillusion vous briserait. À votre âge l'amour me paraissait un piège si fort et si doux ! Je croyais que votre père s'y laisserait capturer. Mais ce genre d'homme n'a ni profondeur ni constance ; tout l'amuse d'abord et l'ennuie ensuite. Il ignore le bonheur et ne connaît que le plaisir. Vous croyez que je n'ai rien compris, que je n'ai pas su ; vous êtes déterminée à réussir là où j'ai échoué. Une fille souhaite toujours dépasser sa mère. J'espère seulement que Saint-Erre a encore assez de santé pour vous donner avant de s'éclipser un ou deux enfants qui vous aimeront comme il ne saura le faire. Vous aurez quelques années de répit, puis le garçon s'envolera sans crier gare et la fille vous défiera dans l'espoir de vous quitter. Ainsi va la vie.

Voilà, ma chère Agathe : ma mère œuvre à détruire par derrière ce qu'elle semble favoriser par devant. Crois-tu ce qu'elle affirme, que tout se répète et qu'un malheur en appelle un autre ? C'est impossible, il faut bien que cela change, sinon rien n'irait jamais de l'avant, il n'y aurait plus d'humanité sur la terre.

Clara

*
* *

Ma chère Clara,

N'écoute pas une femme déçue qui n'a que l'échec à te léguer. Macérant dans l'amertume comme un pruneau dans l'eau-de-vie – ou de mort – elle ne te rend pas service en tentant de te dresser contre celui avec qui tu dois t'entendre. Elle a dû beaucoup aimer ton père car elle ne voit que lui dans tout homme. Mais Saint-Erre n'est pas ton père, justement.

Cet époux, tu dois l'aimer ; c'est le rôle de la femme dans le couple de fournir l'amour, puisque cela nous vient plus naturellement qu'à eux. Quand nous les y accoutumons, ils en viennent à trouver cela agréable, puis à en ressentir le besoin et alors,

alors seulement, ils parviennent à nous le rendre, et nous sommes récompensées.

Là où ta mère a raison, c'est qu'il ne faut pas croire à ces grandes déclarations qu'ils font dans le dessein de gagner aisément une femme. Ils disent qu'ils aiment alors qu'ils convoitent seulement, comme le loup la brebis. Sa digestion terminée, il en guette une autre.

C'est dans le quotidien du mariage, et seulement là, qu'un homme devient vraiment capable d'aimer. On dit que la familiarité lasse, c'est le contraire : à l'amour il faut du temps. Son langage est le nôtre sans que nous ayons à l'apprendre ; pour eux c'est un idiome étranger. Il faut le leur enseigner pas à pas et sans nous décourager. Souvent l'élève renâcle devant sa leçon : attendons, il y reviendra. Bientôt il vaincra sa paresse et souhaitera apprendre.

Surtout, il a peur. À l'origine, ce langage fut aussi le sien, il l'a appris de sa mère. Puis il l'a désappris ; c'est ainsi qu'il devient un homme, en remplaçant l'amour par la haine, la sensibilité par la froideur, et l'émotion par l'indifférence. Quittant un état qu'il a eu peine à atteindre, il craint de se dissoudre dans l'origine. C'est le contraire, il sera enfin lui-même, les deux moitiés se rejoindront et se compléteront. Mais cette complétude l'effraie. Il ne s'en accorde pas le droit, croit devoir rester à jamais une créature amputée, se persuade dans son aveuglement qu'être fort c'est cela. Et nous, en face de cette moitié d'homme, ne pouvons être qu'une moitié de femme.

Ton père n'était sans doute pas plus que Saint-Erre un cas désespéré. Il était récalcitrant et ta mère n'a su comment le prendre : car son angoisse l'entravait. Puis la mort de ton frère a tué en elle une capacité chancelante à aimer et se faire aimer. Plains-la, tires-en la leçon, et va vers l'espoir. Et comprends que la pruderie qu'on nous instille, sous prétexte de faire de nous des femmes convenables, est notre ennemie. On n'est pas convenable dans l'amour.

Agathe

*

* *

Ma chère Agathe,

Je l'aimerai, oui, je l'aimerai. Je l'aimerai parce qu'il en a besoin, je l'aimerai parce qu'il le mérite. D'ailleurs, tu le sais, je l'aime déjà. Et lui, s'il ne m'aime pas – car je ne parviens pas à croire qu'il m'aime –, il aimera du moins mon amour : il s'y aimera comme dans un miroir.

Ce grand projet me montre à quel point j'ai changé, à quel point l'amour me change. Je souhaitais jouir au mieux de bonheurs minuscules, persuadée que ce qui est exaltant, glorieux et noble m'était interdit. Je sais maintenant que se cantonner dans le rien est une forme d'orgueil. Le plus grand est dans l'infiniment petit pour qui sait y voir, mais il faut accepter ce qui vient, et tout peut venir : il ne faut pas tenter d'aller contre. Il faut se laisser porter par le courant, et ainsi le faire sien. Par cette pratique d'humilité, la vie ne connaît plus de bornes.

Voici quelques semaines je restais des après-midi entières au bord du ruisseau, près du bosquet de saules. Les jupes relevées, les doigts tachés de jaune par les renoncules, je regardais onduler une herbe au gré du courant. Il me semblait qu'une présence invisible et amie veillait sur moi.

Ou bien je cueillais des mûres, et après je passais une journée dans l'office, avec la cuisinière, à faire des confitures. N'être pas malheureuse me semblait la définition du bonheur. Ma mère me disait :

– Vous êtes commune, attirée par les gens de peu.

– C'est que les gens de peu sont souvent de beaucoup ! On m'a laissé le peu en héritage, j'en tire parti.

Mais je serai marquise ! Saint-Erre m'emmènera vivre dans son château, perché sur un plateau qui domine toute une vallée.

– C'est une grande bâtisse un peu triste, m'a-t-il dit, accablée par le poids du passé. Mais sa mélancolie cédera à votre gaieté. Les maisons sont la liberté des femmes, leur terre promise.

– Je crois seulement que quand on sait s'y prendre, on trouve toujours plus à apprécier qu'à déplorer. Ce n'est pas de la gaieté, mais la marque d'un esprit ordinaire et qui se contente de ce qu'il a : il n'y a pas en moi d'exaltation.

– Au contraire, a-t-il répondu, cette disposition est un trésor. Je comprends quelle force mystérieuse m'a poussé quand j'ai battu votre père aux cartes : c'était la vôtre, je la sentais...

Quant à la gaieté, ajouta-t-il, elle est en vous comme une source profonde qui ne demande qu'à se frayer son chemin jusqu'à la surface. Je lui aménagerai un bassin, elle le remplira : j'y puiserai un peu chaque jour.

Agathe, tu craignais qu'il s'effraie de ma source profonde ! Comprends-tu pourquoi j'ai quitté la politique du peu, pourquoi je n'épargne plus, pourquoi mon cœur court vers lui ?

Clara

*

* *

Ma chère Clara,

Cette nuit en songe j'ai vu Saint-Erre. Ne me demande pas pourquoi mais je sais que c'était lui. Il était seul dans une chambre aux murs tendus de rouge. Il se tenait debout devant le lit. En face du lit se trouvait un miroir et en travers de ce miroir, en lettres de feu, s'inscrivait le mot « désespoir ».

Seules les fillettes ou les vieilles femmes prennent leurs rêves pour la réalité. Je dois être très jeune ou très vieille mais je suis persuadée que ce que j'ai rêvé était vrai. Cet homme porte beau, il paraît léger, tout lui sourit mais le désespoir l'habite. Quand tu iras à lui, c'est cela qui te barrera le passage.

Agathe

*

* *

Ma chère Agathe,

J'ai fait le même rêve que toi, la même nuit ! Le songe de la chambre rouge a voyagé entre nous. Ce qui ne se parle pas se dit autrement quand on sait se comprendre. Le rêve m'a prévenue de ce qui m'attendait, et toi aussi puisque tu es ma confidente, et que tu as mes affaires à cœur comme si c'était les tiennes.

Ce désespoir est la cause de l'insensibilité qui a fait de lui, à l'encontre de son être véritable, un libertin. Il parle de ramener ma gaieté à la surface ; moi c'est le désespoir que je dois arracher de lui. Tu as raison ! Sinon ce sera comme un mur le séparant de l'amour.

Clara

*
* *

Ma chère Agathe,

Je t'écris sans tarder cette autre lettre, car il y a du nouveau.

Hier nous étions Saint-Erre et moi assis sur le banc moussu, sous le saule, devant la pièce d'eau. En quelques jours nous avons acquis des habitudes.

– Nous prenons déjà le chemin d'une conjugalité aisée et douce, me dit-il dans une des phrases ravissantes dont il a le secret.

C'était un début d'après-midi ensoleillé. Nous nous sommes tus. Mais au lieu de m'abandonner à cet instant délicieux, j'étais rendue fébrile par l'approche du moment qui ferait basculer ma vie. Une existence peut verser en un instant dans la lumière ou dans l'ombre. Si nous ne faisons pas preuve alors de la plus extrême vigilance et de la plus impitoyable lucidité, nous risquons d'épuiser le reste de notre temps en efforts démesurés, dans l'espoir d'influer trop tard sur le cours des choses.

Je me disais donc : « Il m'incombe de tout faire en ces quelques jours pour aplanir d'avance les obstacles qui pourraient se dresser entre Saint-Erre et moi. »

Dans le désœuvrement qui constituait il y a peu l'essentiel de ma vie, il m'arrivait de lire n'importe quoi, conformément à ma méthode du « tout dans le rien ». J'ai parfois été récompensée par d'heureuses surprises. Dans un vieux traité de stratégie mangé par les vers, tiré d'une étagère oubliée, j'ai lu :

« La reconnaissance et l'évaluation préalable de tous les accidents du terrain, des forces et des faiblesses de l'adversaire, sont essentielles à l'issue heureuse d'une bataille. »

Or je sais pour l'avoir observé qu'un époux est d'abord un très cher ennemi. La victoire ou la défaite, c'est-à-dire le renversement de l'adversaire en allié, se décide très vite. J'ai donc rassemblé tout mon courage pour dire à Saint-Erre...

Encore la cloche du dîner : je reprends ce courrier très tard. La chandelle projette sur les murs des ombres immenses, qui m'angoissent comme quand j'étais enfant. Quel monstre rôde ? Ma peur, sans doute, de plonger bientôt dans l'étrangeté. Rien dans mon univers n'avait changé jusqu'ici. La répétition des jours et des circonstances me paraissait naturelle. La monotonie était mon pain quotidien et j'en aimais le goût...

Mes lettres sont des fleuves de mots et les tiennes un filet de plus en plus mince. Tu as ta vie, pourquoi continuerais-tu à partager la mienne de loin ? Malgré les encouragements d'une indulgente amitié, je crains de lasser ta patience.

Et je crains aussi de ne pouvoir, une fois mariée, t'écrire aussi librement. De te perdre encore davantage...

Clara

*
* *

Ma chère Clara,

Le fil qui nous lie est trop solide pour se rompre. Pardonne-moi si je n'ai pas ton talent d'épistolière. Tes lettres ne sont jamais assez longues pour mon goût. Je les attends avec impatience, Frédéric en est un peu jaloux...

As-tu compris la raison de la mélancolie de Saint-Erre ? Fais-le parler !

Agathe

*
* *

Ma chère Agathe,

J'ai été si émue de sa confession que j'ai du mal à raconter. Ma vie vient de s'accélérer de façon irréversible. Saint-Erre est devenu mon destin. Je suis pieds et poings liés, sa propriété et son butin.

Voici ce qu'il m'a dit :

– Ma jeune tante, Lucie de Forsages, n'avait que quinze ans de plus que moi. On l'avait mariée très tôt à un vieillard fortuné.

J'avais sept ans quand la variole emporta mes parents. Ma tante m'éleva dans le domaine campagnard de son mari. Les deux époux se voyaient peu. Mon oncle par alliance était un solitaire marié tard dans l'espoir d'un héritier qui ne vint pas. Déçu de cet échec, il reprit ses habitudes et vécut dans l'autre aile de son château.

La mort de mes parents m'avait laissé sujet aux terreurs nocturnes, et ma tante prit l'habitude de me faire dormir dans son lit. Chacun de nous trouvait en l'autre son unique allié contre l'indifférence de la vie.

J'avais dix ans quand l'oncle mourut, laissant une veuve jeune, ravissante, riche et désireuse de rattraper le temps perdu. Ma tante alla vivre à Paris, et me mit au collège. Je passais mes vacances chez elle et malgré quelques tentatives pour la rompre, notre habitude nocturne continua. À quatorze ans je perdis mon pucelage dans ses bras. Cela se fit naturellement et dans une grande innocence. Nous ne mesurâmes la transgression qu'après coup.

Effrayée ma tante prit un amant, dans le but de mettre une distance entre nous. Il fut bientôt congédié et pour toujours. Mais moi, jaloux et plein de rage, je pris une maîtresse, puis une autre et une autre encore. Aucune femme toutefois ne remplaçait Lucie dans mes bras, comme aucun homme n'eût pu me remplacer dans les siens. Nous reprîmes notre affaire, mais elle se sentait affreusement coupable, son confesseur nous menaçant des flammes de l'enfer. J'en perdis la foi, mais de mon côté je supportais mal ce lien trop étroit qui me ligotait au passé. Le secret me pesait, et toujours je quittais Lucie. Je revenais peu après, et toujours elle m'accueillait. Elle ne me reprocha jamais mes écarts. Elle m'avait appris à profiter de la vie, je suivais ses leçons. Nous ne partagions que des moments volés.

Il y a trois mois elle m'avertit qu'elle partait en voyage. Occupé par une intrigue, j'en fus soulagé. Je serais libre de mener tranquillement cette conquête, et à son retour l'habitude retrouvée n'en serait que plus douce.

Une semaine plus tard je reçus une lettre. Lucie était mariée et voguait avec son nouvel époux, planteur près de la Nouvelle-Orléans, sur un navire en route pour l'Amérique. Elle m'écrivait qu'elle souffrirait d'être séparée de moi jusqu'à la fin de sa vie : mais elle ne faisait ainsi qu'échanger une souffrance nouvelle contre une ancienne qu'elle ne supportait plus. Elle avait eu toutes ces années l'horreur de ces cachotteries, jalousait en secret mes maîtresses. Mais le pire était l'impression de détruire ma vie et la sienne. Elle expierait sa faute par un mariage honorable :

« Le renoncement sera ma punition et mon salut. Seul un éloignement irrémédiable m'empêchera de vous voir. Sinon je n'en aurai jamais la force, et avec le temps toute cette horreur pourrira. »

Je compris trop tard, conclut Saint-Erre, l'importance qu'avait pour moi une femme que j'avais tenue pour acquise. Je ne saurais dire que je l'aimais : j'ai pensé très tôt que je ne pourrais aimer personne. Je suis froid dans mes affections, je ne connais que la sensualité. Pourtant le vide qu'elle laissait m'était insupportable. La vie n'avait plus de goût, j'en avais épuisé tous les plaisirs. À l'exception d'un seul : celui de la transmettre. Par ma conduite passée, j'avais déshonoré mes parents morts ; je pouvais encore les honorer en les prolongeant.

Je n'y avais jamais pensé avant cette fameuse partie de cartes. Quand votre père me dit qu'il n'avait plus rien, je pensai qu'au contraire il lui restait l'essentiel : une descendance. Le sort venait de mettre une femme entre mes mains, et de bonne famille, d'une façon qui me dispenserait de toute simagrée. Courtiser par intérêt, feindre d'aimer autrement que par jeu, j'en étais incapable. Je vous savais sans ressources ni perspectives. Je ne pourrais vous rendre plus malheureuse que vous ne deviez l'être : le marché me parut équitable. Vous savez maintenant pourquoi je vous épouse.

Ainsi donc, ma chère Agathe, je devrai occuper la place d'une autre que je ne pourrai jamais égaler. Ce mariage est-il un piège après tout ?

Clara

*
*   *

Ma chère Clara,

Quel piège ? D'abord, loin de ne pouvoir égaler la tante, tu la surpasseras car votre union sera féconde. Ensuite, tu t'es procuré par cet aveu le mode d'emploi de ton futur époux. L'avenir d'un mariage se détermine très vite, tu le sais. Tu as déjà gagné son estime, sinon il n'aurait rien raconté. Il peut arriver qu'on ne se comprenne pas d'abord, mais que par la suite la vie commune éclaire et rapproche. C'est que de bonnes graines ont été très tôt semées.

Ce travail d'harmonisation incombe à la femme. L'homme prend ce qui lui est offert, il ne faut pas attendre de lui davantage. Satisfait de mettre un toit sur notre tête et de la nourriture sur notre table, il attend de nous l'économie affective.

Tu sais maintenant ce qu'il en est de Saint-Erre. Même si l'interdiction pesant sur cet amour l'empêche de le nommer, il a aimé. Il peut donc aimer encore.

Son premier attachement fut malheureux, c'est pour cela aussi qu'il ne peut le reconnaître. Il accueillera donc très volontiers le bonheur que tu sauras lui donner. Malgré des trahisons sans importance causées par le déni, son sentiment fut constant. À toi de le consoler. À toi aussi de lui faire confiance, comme lui, déjà, le fait pour toi.

Agathe

*
*   *

Ma chère Agathe,

Je n'ai pas osé t'avouer ma plus grande peur dans ma dernière lettre. J'ai vu mon confesseur, je lui ai tout dit. Il m'a assuré que Saint-Erre était damné, que le péché d'inceste, de plus répété sur des années, était abominable, d'autant qu'il en avait abjuré sa foi. Il m'a avertie que si je l'épousais, le diable, et non Dieu, veillerait sur notre union !

Clara

*
*   *

Ma chère Clara,

Voilà bien les confesseurs ! Tu seras étonnée de ma réaction, mais Frédéric m'a fait réfléchir. Il dit que les prêtres sont la ruine des ménages : car les femmes leur étant interdites, ils violent par l'esprit celles des autres.

Je n'ai rien dit à mon mari de l'aveu de Saint-Erre, et j'ai brûlé ta lettre. Même à ton confesseur il ne fallait pas en parler. Tu as été imprudente, personne ne doit savoir !

Le véritable amour sanctifie tout. Et crois-moi, le véritable amour, c'est celui qui se frotte aux réalités de la vie. Les curés ne peuvent le comprendre, ils vivent d'abstraction. Oublie ton confesseur, oublie ses paroles. Ton père a un cousin prêtre, demande-lui d'officier.

Agathe

*
* *

Ma chère Agathe,

Je ne suis pas encore mariée, car les notaires font traîner les choses. Je ne comprends pas pourquoi, car je n'ai rien, mais c'est ainsi.

J'ai demandé le cousin, mon père en a été touché. Il ne croit à rien, sauf un peu à sa famille.

Il me semble que ton raisonnement est bon. Heureusement que je t'ai ! J'aurais été incapable de renoncer à Saint-Erre. Mais je me serais cru perdue, et lui avec. La foi n'est guère à la mode ces temps-ci, pourtant je ne saurais y renoncer. Toutefois ma relation à Dieu va changer ; privée des conseils d'un prêtre, elle deviendra plus personnelle. Cela me sera difficile mais n'est-ce pas le cas de tous ceux que le sort amène à vivre hors des sentiers battus ? Or je sens que malgré son aspect glorieux, c'est ce que sera ce mariage. Les voies ne me seront pas tracées. Je devrai tout inventer.

Il y a encore une autre peur que je n'ai pas avouée avant, tant je crains de t'assommer avec mes scrupules. Saint-Erre en veut à sa mère trop tôt disparue, il en veut à Lucie qui l'a quitté. Je sens en lui une rancune dissimulée pour notre sexe. Comment la dissiper, y parviendrai-je ?

Clara

*

* *

Ma chère Clara,

Scrupules, le mot est juste. Ne tombe pas dans cette maladie de la foi mal comprise, que les prêtres favorisent sous prétexte de nous protéger du péché. Les crises de scrupules sont excusables chez une jeune fille, mais non chez une femme. Tu dois t'en débarrasser une fois pour toutes, si tu veux aller de l'avant.

La perte d'un premier objet peut rendre Saint-Erre rancunier à l'égard de tout notre sexe, et prêt à faire payer à une innocente ce qui lui fut infligé par d'autres. Mais tu es beaucoup mieux que tu ne le penses, c'est-à-dire habile, patiente et obstinée : tu t'en tireras à ton avantage.

Agathe

*

* *

Ma chère Agathe,

Merci pour ta lettre encourageante. Mais je crains que ton espoir pour moi ne peigne mon avenir sous un jour trop rose.

À aucun moment Saint-Erre ne m'a dit avoir aimé Lucie de Forsages : il nie être capable d'amour. Il m'a dit seulement qu'elle l'avait aimé, que lui ne connaissait que les sens.

Cela peut passer pour de la pudeur. Un homme n'avoue pas facilement ses sentiments, surtout quand ils ont été bafoués. Pourtant j'en doute. Il avait besoin de Lucie, de son amour et de sa sensualité. Elle lui a ouvert ses chemins, remplaçant et plus encore une mère trop peu connue, lui évitant l'effort de la quête, ce qui l'a persuadé que rien ne saurait s'opposer à lui dans ces domaines. Gavé de facilité il a joui d'elle. Et c'est tout, je le crains.

Pourtant je ne reculerai pas. C'est impossible, pas seulement pour des raisons extérieures, mais parce que, pour mon malheur peut-être, j'aime déjà cet homme.

Ou bien me tourmentai-je inutilement par peur du bonheur ? Sont-ce là des frayeurs de fiancée ? Saint-Erre est toujours aimable, sa franchise même est louable. Je n'ai pas le moindre reproche à lui faire. Malgré cela quelque chose en moi se méfie. Je sens une glaciation sous ses sourires. Lui faut-il vraiment du temps ? Ou bien ma mère a-t-elle raison après tout ? À aucun prix je ne veux commettre la même erreur...

Clara

*

* *

Ma chère Clara,

Quand tu recevras cette lettre tu seras peut-être déjà mariée. Nous ne pourrons plus correspondre aussi facilement, tes devoirs t'accapareront. Tant pis, malgré ma réticence à prendre la plume je commençais à y prendre goût...

Je souhaite que ta peur soit calmée, je l'espère et je m'y attends. Je te réponds pourtant très vite au cas où...

Saint-Erre n'a pas l'amour facile, ou plutôt l'aveu de l'amour. Félicite-t'en. Le mot est galvaudé. Certains hommes aiment les femmes comme des bonbons, très vite le souvenir même s'en efface. Pour toi le terme a de la consistance, il se déploie en majesté. Tu lui en feras découvrir le sens comme on visite un pays, tu en exploreras avec lui toutes les nuances.

Le mariage est un pari. On promet d'aimer, cela ne signifie pas qu'on aime. La passion ne suit pas toujours, heureusement car elle cause bien des dégâts. L'amour s'apprend lorsqu'on l'a décidé.

Saint-Erre t'aimera si tu rends son existence agréable. Les hommes sont des créatures de routine. Dentelles, sourire et bonne chère viennent à bout de la plupart d'entre eux. Essaie ce traitement. Que ton mari se lève de table repu à midi, soit heureux de te retrouver le soir joliment coiffée et l'attendant avec gaieté derrière les chandelles. C'est tout, c'est beaucoup, c'est une vie.

Si cela ne marche pas c'est qu'il est de ceux qui détestent vivre. Alors il n'y a rien à faire. Mais je ne crois pas cela de lui.

Surtout laisse-le agir. Ne te défends pas ou du moins pas trop. On s'habitue après le premier choc.

On n'y pense plus ou le moins possible, et même c'est agréable de se dire qu'on peut déclencher autant de folie chez un homme. Dans cette abdication apparente, cette faiblesse si forte et cette souplesse invincible, réside le pouvoir des femmes.

Agathe

*

* *

Ma chère Agathe,

Dix jours seulement depuis ma dernière lettre, et c'est comme si un an s'était écoulé.

Je ne savais rien, je sais tout. Je ne suis plus la même. J'en suis ravie, car pour la première fois je suis moi, c'est-à-dire une femme ! C'est comme si j'avais cherché cela toute ma vie sans le savoir, c'est comme si j'avais toujours dormi.

Je croyais vivre, être habile et raisonnable, tirer le meilleur de ce qui m'était offert. Je croyais que c'était tout ; mais ce n'était rien.

Il y tant à dire, je ne sais par où commencer. D'abord Saint-Erre est la cause de cela. Il a surgi dans ma vie quand je m'y attendais le moins, m'a arrachée à la stagnation, m'a sauvée !

Oui, il a fait de moi une femme et une femme heureuse, sa femme. Mes journées ne seront pas assez longues pour travailler à la seule chose qui m'importe : son bonheur. Je n'ai plus besoin de travailler au mien, il est acquis, grâce à lui !

Tu m'exhortais à la résignation. Ma mère a fait de même avec des regards lourds, des sous-entendus, des soupirs. Je n'ai plus besoin de sa commisération, pour une fois j'ai eu de la chance. Plus de chance qu'elle avec mon père, plus de chance aussi que toi avec Frédéric, car si la paix que tu m'as décrite est une forme d'amour, elle n'approche pas de ce que j'éprouve.

Je suis trop émue pour continuer. Je vais passer mon émotion dans le parc.

Je reprends deux heures plus tard. Toujours la nature m'apaise. Devant le château, nous avons une pièce d'eau comme à Orcelles, mais ici c'est plus grand. Derrière, le plateau où nous sommes domine une vallée, et plus loin encore, des montagnes ferment l'horizon.

Au bord de l'étang il y a un faune, une grotte, c'est charmant. D'ailleurs tout me plaît. Venant de la plaine, je ne connaissais pas ces régions accidentées, pourtant je n'ai pas eu l'impression d'arriver dans un endroit nouveau, mais de revenir à des lieux familiers, trop longtemps perdus.

Le voyage, long et fatigant, fut pourtant un enchantement. Sur la route un gros soleil chauffait tout à blanc, et dans la voiture on étouffait. Saint-Erre était assis face à moi, nous nous taisions. Pour la première fois je me trouvais vraiment seule avec lui, et cela m'intimidait. Lui aussi peut-être. Cet embarras était inhabituel. Peu à peu il avait réussi à me délier la langue. Je souhaitais faire céder son silence et comme dans un miroir il a fait céder le mien...

Mais il se passait très bien de mots et me contemplait avec une intensité nouvelle. Intimidée je feignais de regarder par la fenêtre un paysage que je ne voyais pas vraiment. J'étais obsédée par cette idée: «L'homme assis face à moi est mon mari.»

La route était mauvaise. Un cahot violent nous a jetés l'un contre l'autre. Je me suis rejetée en arrière, mais Saint-Erre m'a saisi le bras et je me suis retrouvée sur ses genoux. Je t'interdis de te moquer. Je ne l'ai pas fait exprès, vraiment pas. Au contraire, j'avais mortellement peur.

Saint-Erre, lui, riait franchement. Devant mon trouble il m'a laissée reprendre ma place. Cependant ses yeux m'appelaient, comme un feu brûlant au fond de la voiture.

D'un bond il a franchi l'espace qui nous séparait de nouveau et s'est assis près de moi. Alors, ce qu'il communiquait par ses mots et ses regards, cette attention caressante que sans m'en rendre compte j'avais toujours attendue, il a entrepris de me la donner par des effleurements et des embrassements. Tu sais tout cela mais je ne parviens pas à croire que tu le connaisses. Il me semble que c'est unique, que Saint-Erre et moi sommes les premiers sur la terre. Le paradis terrestre n'est pas perdu, il suffit de vouloir le retrouver... Et jamais, jamais plus, je ne mangerai de pomme...

D'une façon mystérieuse mon embarras ajoutait à mon plaisir. Je ne parvenais pas à me persuader que ce qui avait été interdit jusque-là devenait non seulement permis mais nécessaire. Vainement je me répétais :

– C'est ton mari, tu dois tout accepter de lui et tout chérir.

Je ne pouvais croire que le devoir se confondît si entièrement avec le plaisir.

Saint-Erre eut donc l'habileté de mettre à profit ces heures où nous étions seuls, dans l'extrême proximité l'un de l'autre, sans toutefois qu'on puisse nous voir ou nous déranger, pour vaincre mes réticences. Dans une chambre j'aurais été effarouchée, mais les champs qui défilaient derrière la vitre rendaient l'intimité moins flagrante. Ces défenses qui avaient été ma ligne de vie devenaient inutiles, puisque Saint-Erre était mon mari, que je devais l'aimer, et que celui que je devais aimer était aussi aimable...

À nouveau j'ai laissé cette lettre et j'y reviens. Je ne t'ai pas parlé du mariage. Cette cérémonie-là a pâli devant celle, intime, qui devait suivre. J'ai laissé loin en arrière le temps où j'étais fille. Qu'ai-je en commun avec celle d'alors ? Saint-Erre m'a fait renaître !

La cérémonie s'est passée très simplement. Ce matin-là, n'ayant pu dormir par impatience, la fatigue me cernait les yeux. Ma mère s'empressa de le souligner. Saint-Erre parut et me sourit :

– Ces dentelles vous vont bien.

– Elles sont trop simples.

– Le plus simple est souvent le plus raffiné.

– Ce n'est pas de Paris...

– Qu'est-ce que Paris ? Je ne demande que d'être changé de Paris !

– Ma fille est si blanche ! intervint ma mère, toisant Saint-Erre comme s'il était un criminel. Il réprima un sourire et se tourna à nouveau vers moi :

– Le blanc sied à une épousée.

La chapelle avait été nettoyée la veille, n'ayant plus servi depuis longtemps. Je l'avais garnie de feuillages et de fleurs des champs. En passant le seuil j'ai trébuché car les vieilles pierres étaient inégales et mes souliers neufs guère confortables. Je me suis tordu la cheville. Saint-Erre s'est précipité. C'est là que pour la première fois il m'a prise dans ses bras. Pendant toute la cérémonie il m'a soutenue. En sortant je boitais, loin de ce pas fier et joyeux qui sied à une mariée en tête de cortège.

Mon père, qui jusque-là semblait gai, reprit sa mine maussade :

– Vous commencez mal.

Mais Saint-Erre me souffla à l'oreille :

– Au contraire, vous ne pouviez mieux commencer : vous êtes déjà plus près de moi...

Je fus soulagée de m'asseoir pour le déjeuner, dressé sur l'herbe sous les arbres et résolument rustique. Mon père prétendait que Saint-Erre en serait content :

– Cela lui plaira de jouer au berger et à la bergère.

Je pensai que c'était pour ne pas faire d'effort pour moi, que jusqu'à la fin, on se moquait. Mais Saint-Erre dit que cela lui rappelait l'enfance :

– J'étais plus heureux alors à Forsages que je ne l'ai été depuis ; peut-être avec vous le serai-je de nouveau.

Je ne pus répondre. L'idée que Forsages était le domaine de Lucie me troublait.

Je crus déceler dans le regard de Saint-Erre un éclair d'ironie. Il fut si vite remplacé par une lueur plus douce et presque tendre, que je me suis répété : « Confiance, confiance ! »

J'avais mis un nœud rose au cou du mouton Jeannot qui posait sa tête sur mes genoux. Te souviens-tu de Jeannot : celui dont sa mère ne voulait pas, que j'ai sauvé en le nourrissant au biberon ? Pour dissimuler ma confusion, je grattais la tête de

Jeannot. Ma mère me jetait des regards d'avertissement que je feignais de ne pas voir. Je me sentis soudain légère. Saint-Erre parlait familièrement avec mon père qui se détendait. Je me dis :

– Il est ainsi à Paris, avec ses amis. C'est là-bas qu'il se sent à l'aise.

Je fus prise d'une grande pitié pour ma mère qui n'avait pas su s'attacher son mari. Moi, je saurai.

Autour de moi tous se régalaient. Je n'avais pas faim. Je me demandais comment je m'y prendrais pour assurer le succès de mon entreprise. Les regardant causer ensemble je vis que ma mère avait raison sur un point : Saint-Erre et mon père étaient de la même race d'hommes. Je regrettai plus que jamais de ne pouvoir parler de confiance avec elle et lui demander des explications. J'ai toujours dû me débrouiller seule et soudain cette idée me pesa. Cependant la réponse me vint très vite :

– Elle ne l'a pas aimé assez.

– Comment ? dit Saint-Erre penché vers moi.

J'avais parlé tout haut. Heureusement, les mots s'étaient noyés dans la conversation générale.

– Rien d'important...

Il recommença à deviser avec mon père. Je dis, en moi-même cette fois :

– Je ne me découragerai pas, j'aimerai quoiqu'il m'en coûte. J'irai jusqu'au bout, je pardonnerai tout.

Persuadée d'avoir trouvé la solution je me penchai sur mon assiette : j'avais faim soudain. Pourtant au même moment l'ombre du grand arbre au-dessus de moi devint plus dense, et j'eus froid. Il me sembla t'entendre me dire :

– Pourquoi crois-tu qu'il y aura à pardonner ?

Tu as raison, c'est une maladie : toujours j'imagine le pire. Je crus t'entendre encore : « Croyant se protéger on prévoit le mal, mais en fait on l'aide à advenir. » Je me dis que tu étais toujours là pour moi, que de loin tu m'écoutais. À nouveau le soleil brilla. Saint-Erre me jeta un coup d'œil complice, et un sourire amusé flotta sur ses traits. J'érigeais des obstacles fantômes : le bonheur était facile. Tout flotta soudain dans un air très pur, un brouillard transparent et léger.

Enfin nous partîmes. Des villageois dormaient sous les arbres, le valet jouait du pipeau. J'allai une dernière fois dans ma chambre, ôter ma robe de mariée. Les paroles de la couturière me revinrent :

– Quand vous serez marquise, vous ne voudrez plus de mes pauvres robes.

Je n'en avais jamais porté de si belle. Marquise, je regrettais pourtant la toilette de noces taillée dans des dentelles de famille. Mais je mis avec un plaisir aussi vif la tenue de voyage bleu de nuit. J'étais dans un conte : moi toujours en retrait et à la bordure des choses, moi qui devais toujours m'occuper de moi-même sinon personne ne le ferait, je me trouvais soudain au centre. Tous me regardaient, et tous me souriaient. Moi-même je me regardais et me souriais.

Quand Saint-Erre prit ma main pour m'aider à monter en voiture, je crus monter au ciel. Ce n'étaient plus les autres qui s'en allaient, c'était moi. La voiture s'ébranla. Je me retournai sur ce que je quittais pour toujours. Ma mère pleurait.

– Elle pleure parce qu'il faut pleurer, dit Saint-Erre, et il posa brièvement sa main sur la mienne. Une vague d'émoi me parcourut. Mon père s'éloignait, un peu voûté. Au-dessus des arbres s'élevait la tour du manoir et l'étroite fenêtre d'où j'avais guetté le destin. Maintenant j'y étais.

Nous roulions entre les grilles, à travers les champs. Je connaissais chaque buisson, chaque arbre, chaque haie. Nous atteignîmes la grand-route. J'étais dans l'inconnu...

À nouveau je reprends cette lettre. Elle est terriblement longue; mais j'ai tant à te dire!

Nous arrivâmes à Forsages au petit matin. Le cahotement de la voiture, les émotions, une fatigue délicieuse: j'avais fini par m'endormir dans les bras de Saint-Erre. Au cours du voyage ses caresses s'étaient faites plus précises, sans toutefois qu'il m'honorât. Ignorant ce qui m'attendait, je pensais que tout était consommé. Il m'avait explorée si graduellement que je ne m'y étais à aucun moment opposée, sans ressentir jamais cette soumission à l'inévitable dont ma mère m'avait parlé avec des soupirs, et toi d'un ton raisonnable. Saint-Erre me prenait avec tendresse, je me donnais avec bonheur.

La nuit tombant, il guida ma main vers cette partie de lui-même dont j'ignorais l'existence. Je compris pourquoi ma mère m'avait dit que les hommes étaient des animaux : car j'en avais observé dans les champs.

– Oui, dit Saint-Erre, maintenant ma main en place quand je tressaillis à cette découverte, je suis ainsi fait.

– Vous êtes bien fait dans toute votre personne, lui dis-je ; je promets de vous aimer tout entier.

Il tressaillit à son tour, et éloigna ma main avec la même douceur ferme qu'il avait employée pour l'approcher.

– Ce n'est pas dans cette voiture bringuebalante que je ferai de vous ma femme. Vous êtes lasse, reposez-vous.

Et je m'endormis contre sa poitrine.

La nuit faiblissait à peine et je somnolais encore quand Saint-Erre, m'enlaçant toujours, me fit monter les marches du perron et entrer chez lui. Un homme nous éclaira d'un flambeau.

– La chambre rouge ? demanda-t-il hésitant.

– La chambre rouge, répondit Saint-Erre.

Nous traversâmes des salons, et parvînmes dans une chambre au lit couvert de pourpre. Les murs aussi en étaient tendus ; un miroir encadré d'or y était accroché. Saint-Erre m'étendit sur le lit.

– Nous nous retrouverons demain matin, dit-il.

Et il sortit. Un peu triste, un peu soulagée aussi, je plongeai dans la blancheur des draps, sombrai dans un lourd sommeil.

Peu après je me réveillai, sentant une présence. J'avais froid. À travers les grands rideaux, un rayon de soleil filtrait déjà, rayant une commode, un tapis et deux fauteuils. Il n'y avait personne.

Pourtant je me souvenais d'une femme grande et brune, vêtue d'un déshabillé de dentelle, s'approchant du lit et me fixant de ses yeux sombres. Je craignis un fantôme ; mais je n'avais pas la sensation maléfique qu'on prête à de telles apparitions. Je me rendormis en chassant l'idée que c'était plus vrai qu'un rêve.

Mais je suis heureuse, et la femme n'est pas revenue. Elle n'a jamais été là – sauf dans une de ces prévisions du pire dont je dois me guérir.

Clara

*

*   *

Ma chère Agathe,

Je t'écris à nouveau avant d'avoir reçu ta réponse. J'ai besoin de toi plus que jamais, tout est si nouveau pour moi.

Saint-Erre m'a possédée tard le matin. Le soleil montait à l'horizon et, filtrée par le velours des rideaux, une lumière rose baignait la chambre lorsqu'il entra. Sans un mot, avec l'air concentré d'un homme qui exécute une affaire d'importance, il ouvrit les draps et releva ma chemise...

Plus tard comme nous déjeunions il m'expliqua :

– Contrairement à ce qu'on a pu vous dire, les hommes ne sont pas des animaux. Celui qui se jette sur une fille innocente me dégoûte. Il faut laisser à une femme le temps de rechercher les caresses.

Il mangeait de bon appétit. Abasourdie par ce qui venait de se passer je ne répondis pas. Un peu plus tard pourtant sa manière aisée et naturelle m'amena à me détendre. Tout était normal. On nous avait servis dans le boudoir attenant à la chambre ; assise face à mon mari, je buvais du thé. L'homme qui nous avait accueillis la veille entra et alluma le feu dans la cheminée.

– C'est inutile, dis-je, habituée à peu de chauffage.

– Les matins sont encore frais, dit Saint-Erre avec ce sourire ambigu qui me fait un peu peur.

Derrière les rideaux la lumière s'enhardissait. Je m'approchai de la fenêtre et soulevai l'étoffe. Le château est une ancienne forteresse, mais une aile plus récente s'y rattache. Sa situation élevée semble le faire flotter dans les airs. En bas, au fond de la vallée, une rivière d'argent serpente. La sauvagerie de la perspective ramena l'image qui m'avait réveillée :

– J'ai rêvé cette nuit.

– Ah ! dit Saint-Erre d'un ton de plaisanterie. J'étais un ogre et j'allais vous dévorer ?

– Non, c'était une femme.

– Quel genre de femme ?

Je racontai et il se troubla. Il se leva brusquement, sortit et revint, me tendant une miniature. La facture était celle du portrait qu'il m'avait envoyé. Le visage était presque le même mais c'était celui de mon rêve.

– C'est elle, répondis-je à la question dans les yeux de Saint-Erre.

Il reprit le portrait et le jeta par la fenêtre, sans que je puisse l'en empêcher. J'aurais dû me réjouir, mais il me sembla qu'il venait d'accomplir un sacrilège. Derrière le château le terrain est presque à pic, couvert d'une épaisse végétation. Il revint à table, l'air dur, les mâchoires serrées.

– Qui est-ce ? demandai-je.

– Vous le savez.

– Lucie ?

Une crainte irraisonnée m'étouffait. Il me sembla que la femme du rêve était derrière moi. Je me retournai, il n'y avait personne. Saint-Erre me jeta :

– Ne craignez rien, vous ne la reverrez jamais ! et sortit.

J'allai à la fenêtre. Le portrait avait dû glisser le long de la pente abrupte et se perdre dans les buissons. On ne le retrouverait pas. Instinctivement je regardai la glace au-dessus de la cheminée : rien ne s'y inscrivait. Et moi, je devais, sans plus poser de questions, admettre les brusqueries de mon époux.

Clara

*

* *

Ma chère Clara,

Tu dors dans le lit de la tante, ce qui signifie que tu as pris sa place. Au lieu de t'en réjouir tu te sens coupable ! La tante est loin et ne compte plus ; chasse ces chimères. Moi, la nuit, je rêve à l'être que je porte. Je préfère l'avenir au passé.

L'homme, fût-ce le plus aimable, n'aime rien tant que dominer. Il ne faut pas aller là-contre, le combat est perdu d'avance. En revanche, si tu l'acceptes, tu t'apercevras plus tard qu'à ta manière, tu le domines aussi. Cela se fait tout seul et mystérieusement. Donc, pas de souci.

Agathe

*
* *

Ma chère Agathe,

Ma seconde nuit au château commença délicieusement et se prolongea par un sommeil heureux. Mais cela ne dura pas. La même grande femme brune vint me visiter. Ce rêve me laissa encore une fois l'impression d'une réalité très forte et à nouveau je m'éveillai. À mon côté le lit était vide.

Le vent gonflait les rideaux. Derrière le velours pourpre la fenêtre était ouverte. Je me penchai au dehors. La lune baignait la campagne d'une lumière bleue. À travers la broussaille un sentier de chèvre abrupt serpentait. En chemise, Saint-Erre, une lampe-tempête à la main, fouillait les buissons.

Je me recouchai comme si de rien n'était, certaine qu'il m'en voudrait de l'observer. Malgré mon inquiétude, épuisée, je finis par me rendormir.

Au petit déjeuner, je lui demandai pourquoi il m'avait laissée seule.

– Je dors mal. Je tourne, je vire, je me promène. Je ne veux pas risquer de vous réveiller. Chaque fois que cela m'arrivera, je me retirerai dans un cabinet, plus loin dans le couloir.

Je ne pus m'empêcher de lui demander :

– Le médaillon ?

Il tressaillit. Une ombre passa sur son visage.

– Perdu, et c'est mieux ainsi.

Quelque chose me disait qu'il mentait, et qu'il avait la miniature dans la poche. Je parvins à me taire quelques instants puis je ne pus me retenir :

– Vous l'aimez ?

– Qui cela ?

– Vous savez bien !

– J'avais besoin d'elle. Ce n'est pas la même chose.

– Vous la regrettez !

– Les regrets sont inutiles. Cette dépendance me pesait.

– Vous ne m'aimez pas non plus, pourtant vous pourriez vous passer de moi.

– C'est peut-être pour cela que je vous ai épousée. Je croyais que je ne pouvais pas me passer d'elle ; elle est partie et je m'en passe. On se passe de tout et de tout le monde.

Sa voix sonnait comme un avertissement. Je me sentis mal. Il se reprit :

– Je vous déçois. Je vous avais prévenue pourtant. Ne demandez pas trop.

Dans un moment de révolte je jetai ma serviette par terre.

– Plus cela change plus c'est pareil : je ne dois jamais rien demander.

Je vis que je l'avais blessé. Je me fis conciliante, ma voix tremblait :

– Pardonnez-moi. Vous me donnez tellement, comment pourrais-je exiger davantage ?

Il se leva :

– Vous me plaisez. C'est déjà beaucoup, je n'en attendais pas tant.

Il a quitté la pièce, et de la journée je ne l'ai revu.

Il dit qu'il n'a pas aimé cette femme. Mais elle l'obsède, et l'obsession est le premier degré de l'amour. Je ne l'obsède pas et je ne l'obséderai jamais : il m'a sous la main. Il m'a épousée pour ne pas m'aimer. Bizarrement cette situation me rend folle. Je devrais me contenter de lui plaire : moi non plus je n'en attendais pas tant. Mais je veux davantage. Saint-Erre m'obsède comme Lucie obsède Saint-Erre. Je suis prête à tout pour un but impossible. J'y consacrerai mon entière intelligence, car je dois garder la tête froide, mais comment faire ? Ma mère avait en partie raison : si je me laisse emporter par mes instincts, avec un tel homme tout est perdu. Alors si l'intelligence ne suffit pas, j'y ajouterai l'obstination. Cela, j'en ai à revendre.

Clara

*
*   *

Ma chère Clara,

Cette lubie d'amour dans le mariage ! D'abord je n'ai pas pris cela au sérieux. Tu avais droit à ce rêve de jeune fille. Quand la jeune fille devient femme, le songe s'envole. Parle d'affection, d'attachement, d'attentions. À défaut d'autre chose on appelle cela amour : pour ce qui en est sans l'être et qui préserve tout, on n'a pas de nom. Mais c'est un leurre, l'« amour », range-le dans une boîte avec ces trésors dérisoires qu'on garde longtemps car ils disent toute une jeunesse !

Un mari on le séduit, on l'étonne, on l'agace, on le tient. Il ne faut pas se laisser envahir le cœur : une fois dans la place l'amour ne se contrôle ni ne se domine. Comme une herbe sauvage il étouffe ce qui pousse autour. C'est très mauvais, parce que cela rend un homme enragé. Hors du mariage, la distance est suffisante pour qu'il ne se sente pas menacé. Il vit la passion comme un sport. Mais si l'intimité est trop grande, l'homme acculé par l'amour devient féroce. Si tu ne peux t'empêcher d'aimer vraiment, cache-le. Mieux encore, épargne cet amour, garde-le en réserve pour les enfants à venir. Saint-Erre t'en saura gré : il n'attend pas autre chose de toi. En t'épousant, il n'a pas choisi une femme mais une mère. Il a eu l'honnêteté de te le dire, tu lui dois bien celle de t'en souvenir.

Il y a des choses qui satisfont une femme sans la mettre en danger, et qui ne sont pas négligeables. Tu ne me parles ni de tes toilettes neuves, ni de tes meubles ni de tes fleurs. Je préférerais cela à ce délire.

Agathe

*

* *

Ma chère Agathe,

Il y a à Forsages de beaux meubles de famille, je ne vois pas ce que j'y changerais. Le jardinier s'occupe des fleurs. Je porte encore la robe dans laquelle je suis venue. Il faudra y remédier, mais cela peut attendre.

Tes conseils je les comprenais quand j'ignorais que l'amour existait. Vivre à côté de quelqu'un parce qu'il le faut, se procurer ainsi une descendance et des avantages matériels, cela me paraissait l'essentiel. Échapper de plus au sort de ma mère : c'était la perfection.

Le paradis existe puisque je l'habite ! Certes il m'échappe par moments. Je comprends ce qui rendait ma mère si malheureuse : elle y avait goûté et cela lui avait été retiré. Je ferai tout pour qu'il me soit durable.

Tu t'alarmes : ce qu'on ne connaît pas effraie. Fais-moi confiance, pour une fois que je me fais confiance, moi ! Pour rien au monde je ne me contenterais de cet ordinaire que tu me vantes. J'ai su être heureuse d'un rien, maintenant je veux tout. Saint-Erre m'a fait naître à moi-même, je le ferai naître aussi. Avant d'en avoir, nous serons nos propres enfants.

Clara

*
* *

Ma chère Clara,

Comme le vin, le bonheur est dangereux si on en abuse. C'est la cause de cette folie que tu pressens. Il faut se méfier de cette exaltation qui nous dépasse et dévaste tout ! Comment ne le comprends-tu pas ! C'est terrible, je te parle comme si j'étais ta grand-mère ! J'ai ton âge, et tu me fais me sentir si vieille ! Rien ne nous avait jamais séparées : ni l'éloignement, ni Frédéric, et maintenant...

Ta capacité de jeunesse est un grand charme, mais aussi un grand péril ! Il doit y avoir du vrai dans ce que tu dis, que cet homme t'aide à te trouver toi-même. Les circonstances, et non ta nature, te rendaient raisonnables. Saint-Erre a fait sauter tes verrous, il est redoutable. Enivrée tu cherches la félicité comme les fleurs se tournent vers le soleil. Ta peau est si claire, ne sais-tu pas que le soleil brûle ?

On te maintenait au bord de la famine : tu faisais de nécessité vertu. À défaut de musique tu chérissais le silence. Faute de clarté l'ombre t'attirait. Tu avais raison car à qui l'écoute le silence est musique, l'ombre éblouit qui la scrute. À qui sait prendre sa faim pour de l'appétit, le pain sec paraît délicieux.

Et soudain résonnent à tes oreilles de chauds accents masculins, tu baignes dans la lumière d'un séduisant regard. L'attention de Saint-Erre est un mets succulent qu'il dispense à loisir.

Comme une herbe qui a patienté durant l'hiver, tu t'élances vers le ciel. Mais si le printemps se refroidit, la plante, après un court triomphe, dépérit. C'est ce que tu risques, car tu n'as plus le sens de la mesure, ni celui de la perspective. De graves déconvenues t'attendent. Je ne sais pas lesquelles, mais je sais que la vie est ainsi. Je prie pour que la chute ne te fracasse pas, comme le médaillon de Lucie.

Agathe

*

* *

Ma chère Agathe,

Tu es jalouse, parce que l'amour, tu ne le connaîtras jamais ! Je me moque bien des robes et des fauteuils. Et même de tes histoires de marmots. Puisque je te dis que Saint-Erre est mon enfant ! Qu'ai-je besoin d'en fabriquer un autre ? Plus tard oui, quand j'aurai fait de mon mari un homme. Moi aussi je suis sa femme et son enfant. Nous grandirons ensemble, nous avons le temps.

Ton Frédéric partage ton lit, t'y caresse un peu. Beaucoup de femmes passent de leur mère à leur mari sans voir la différence. Le mot mari et le mot mère se ressemblent. Ma mère m'ayant très peu caressée, je ne risque pas de les confondre.

Ton mari te fait un enfant : le portant, le mettant au monde et l'élevant, tu revivras ce que tu ignores avoir perdu ; et lui de même. Il te fait Madame, tu le feras Monsieur. Ainsi va le monde. Est-ce là ce qu'on appelle l'amour ?

Je me moque d'être marquise. Si j'avais été servante et non maîtresse, et qu'il lui plaise de me renverser dans un fossé, j'en serais aussi contente : ce que je veux c'est lui. Que me faut-il de plus ?

Tu penses que je m'abaisse, mais as-tu remarqué de quel ton condescendant on prononce le nom « amour » en le prolongeant de l'adjectif « conjugal » ? N'est-ce pas là le véritable abaissement ? J'aime trop Saint-Erre, prétends-tu ? Mais non, je ne l'aimerai jamais assez ! Il est mon soleil, le représentant de Dieu sur terre. Et Dieu se cachant ces temps-ci, il est Dieu même. Comme mon amour ne sera jamais assez grand, si j'osais je me prosternerais devant lui. Je n'en suis pas capable, parce que l'éducation me colle à la peau.

Le monde a peur de cela, parce que le monde a peur de tout. Sous prétexte d'élever le monde diminue, sous prétexte d'unir le monde divise. Le monde est petit, frileux, mesquin. Je n'y ai jamais eu ma place, maintenant je sais pourquoi. Ce monde-là n'est pas le mien. Mais heureusement, il y en a un autre. Saint-Erre me l'a fait connaître. Je m'en félicite à chaque heure de la journée.

Clara

*
* *

Ma chère Clara,

Sous tes airs de philosophe en jupon crotté tu cachais ce vertige ! Tu négliges les lois du monde, tu méprises les convenances, tu blasphèmes. Te voilà idolâtre !

Cela me tourmente tant que j'ai le cœur dans la gorge, et le pressentiment d'une catastrophe. Les anciens Grecs nommaient *hubris* cette folie où les humains se croient l'égal des dieux. Cette illusion te fait croire qu'on te jalouse !

Le mariage n'est pas un paradis : c'est juste un charmant verger quand on le dorlote avec soin. Reviens sur terre, et reprends ta place dans notre monde : tant que nous vivons il n'y en a pas d'autre.

Agathe

*
* *

Ma chère Agathe,

Je suis déçue : je croyais que tu me comprenais. Mais l'amitié est un sentiment limité, et je m'aperçois que je ne goûte que l'infini. Ne t'en vexe pas, sois mesurée à ma place...

Pour te rassurer, je te raconterai le train-train du ménage. J'ai une femme de chambre, Finette. C'est la cousine de Florent, le valet de Saint-Erre. Dix-huit ans, piquante, souple et mince comme une anguille, un teint de pruneau mais l'œil vif.

Comme tout ce qui vient de Saint-Erre, il y a en Finette quelque chose d'extraordinaire. Je ne saurais dire quoi, mais je le pressens. Contrairement à toi, quand je pressens je ne me trompe pas. La prophétie n'est pas ton fort. Tu es trop timorée...

C'est agréable d'avoir une femme de chambre rien que pour soi. Le matin elle entre sans faire trop de bruit, juste assez. Ses années parisiennes ont habitué Saint-Erre aux veilles tardives et il n'a le sommeil lourd qu'après l'aube.

Finette tire les rideaux, ouvre grand les fenêtres : elle aime l'air frais. Elle feint de ne pas nous voir, chante tout bas de vieux airs, et finalement jette au lit un regard malicieux. Elle dit « Madame a l'air d'avoir bien dormi » avec une expression qui parle d'autre chose.

Saint-Erre ne se réfugie plus dans son cabinet. C'est mon orgueil qu'il ne le retrouve qu'après la nuit. Il ouvre un œil, me sourit, s'étire. Il se lève la chemise grande ouverte. Selon lui les domestiques regardent tout et ne voient rien.

– Finette rirait de vos délicatesses, s'amuse-t-il. Vous prenez ses airs naïfs au comptant. C'est une gueuse élevée à la campagne. D'ailleurs, élevée est un grand mot. Une fille de ferme ne sait rien de ce qu'elle devrait savoir, et apprend très tôt ce qu'elle ne doit pas connaître.

Il sort et rejoint son cabinet. Florent l'y attend pour le raser, le parfumer, le toiletter, l'apprêter. De nous deux Saint-Erre est le plus coquet. Finette me tance :

– Madame, si j'étais à votre place ! Bien que je n'y sois pas, que je n'y serai jamais, quand même je me dis... Je mettrais des eaux de fleurs, et des mouches et des rubans...

Je la regarde avec malice :

– Parfois je me dis, Finette, que tu ferais une meilleure marquise que moi...

Elle se signe, regarde vers le ciel puis, très sérieuse :

– Une place est une place. Tout a été ordonné de là-haut. Le Bon Dieu ne peut pas se tromper. Parfois je vois des erreurs mais je me dis que je n'ai pas de bons yeux. C'est comme si on vous avait assigné un cercle, et on doit se tenir à l'intérieur. La limite ne se voit pas, mais on la sent. Si on oublie sa place un instant, si on sort du cercle de quelques pas, cela peut suffire à bouleverser le monde. Dans le désordre, personne ne s'y retrouverait.

– Eh bien, Finette, cet immense pouvoir que tu possèdes, tu ne veux pas t'en servir ? Faire juste un petit pas hors du cercle ?

Je m'amuse. Mais Finette sort de la chambre s'écriant :

– Je vous apporte le thé...

Je m'étire. Le soleil baigne la chambre d'une lueur de couchant. Finette revient la tasse sur un plateau :

– Ça remettra Madame des fatigues de son repos.

N'est-elle pas inimitable ?

Puis elle m'habille, brosse mes cheveux, les relève. Elle y met une douceur que personne n'a jamais eue. Elle s'arrête un instant, je vois son sourire dans le miroir.

– Qu'est-ce qui te rend si gaie ?

Elle chantonne :

– Monsieur vous aimera beaucoup comme ça.

Je ne réponds pas. Saint-Erre m'aime un peu peut-être, ou pas du tout. Je ne suis pas plus avancée depuis le premier jour. Il me prend et me pose, comme la tasse que Florent lui apporte et qu'il boit au même moment dans son cabinet. Depuis qu'il reste la nuit, il déjeune de son côté. Il tient beaucoup à cet objet dont sa mère se servait.

– Je me souviens peu d'elle. Je revois ses mains autour de la tasse.

Il ne la repose jamais brutalement, ses gestes sont doux et habiles. Ils sont doux et habiles aussi lorsqu'il me touche.

Mais je ne suis pas sûre qu'il aime la tasse : il y tient par habitude.

– J'ai mené une vie de désordre, je ne le regrette pas. On s'ennuie un peu moins dans le désordre. Mais pour s'y retrouver il faut des habitudes. Quelques-unes, seulement. Le désordre même finit par devenir une habitude. Alors, il faut s'en débarrasser.

Je voudrais n'être pas qu'une habitude ; et je voudrais être au moins cela. Mais je crains que la vie ordonnée qu'il mène ici ne le lasse. Il faudrait inventer un peu de désordre ; un désordre nouveau, qu'il n'aurait jamais connu. Je ne sais pas comment.

L'autre soir au dîner il me regardait drôlement, je lui ai demandé pourquoi :

– C'est parce que je vois que vous voulez que je vous aime. Je vois aussi qu'avec vos airs tranquilles, vous ne cédez jamais. Nous sommes donc dans l'impossible.

– Ne suis-je pas votre femme, et n'est-ce pas naturel pour une femme de vouloir être aimée ?

– Je crains que vous ne preniez ainsi ma place. C'est mon rôle de vouloir être aimé.

– Vous n'avez pas à le vouloir, puisque vous l'êtes.

– Je peux vouloir être aimé davantage.

– Je vous aimerai encore plus.

– Cela ne suffit jamais.

– D'un côté cela ne vous suffit pas, de l'autre cela vous lasse.

– Rien n'est vraiment ce qu'on voudrait, vous le savez bien...

– Je ne le sais pas, je suis très contente de ce que j'ai.

– Vous dites cela mais vous voulez davantage.

– Je le veux, cela ne m'empêche pas d'être déjà très contente.

– Je ne suis pas fait comme vous.

– Ne pouvons-nous vouloir la même chose ? Si nous voulons être aimés tous deux, et que chacun aime l'autre, n'aurons-nous pas alors ce que nous voulons ?

– S'il n'y a pas de place en moi pour l'amour de l'autre, si l'amour m'est étranger, c'est que le désir d'être aimé accapare tout. Je veux qu'on m'aime aveuglément. Or vous êtes lucide. Bientôt vous y verrez clair en moi, et cela me sera insupportable. Je devrai vous punir, pour vous apprendre à baisser les yeux.

L'air dur, il s'est levé et est sorti de la maison. Une fois de plus je ne l'ai pas revu de la journée. Je ne sais pas ce qu'il fait tout le temps qu'il disparaît, et je sens que là encore, je ne dois rien demander. Je ne comprends toujours pas ce qu'il voulait dire. Finette m'a rassurée :

– C'est dans la nature des hommes de menacer. Ils aboient plus fort qu'ils ne mordent.

Dans le contrat que Saint-Erre et moi avons passé – le contrat privé entre nous, non devant prêtre et notaire – il n'a pas promis de m'aimer. Il ne s'y sent donc pas tenu, pourtant j'en fais mon affaire. Moi non plus je ne pensais pas à aimer, et cependant l'amour m'est venu en réponse à un appel jailli du fond de cet homme, que seule je pouvais entendre et que seule j'ai entendu.

Aujourd'hui après le déjeuner il faisait plus chaud que les autres jours, et je brodais à l'ombre d'un arbre. Je n'en ai pas perdu l'habitude, mes doigts cherchent l'aiguille. Je lui fleuris des mouchoirs pour qu'il m'ait toujours sur lui. Soudain je l'ai vu devant moi. Comme il a celui de disparaître, il a le talent de surgir alors qu'on ne s'y attend pas. Il s'est agenouillé et m'a demandé :

– M'aimez-vous ?

J'ai répondu :

– Vous le savez trop.

– On ne le sait jamais trop. C'est bien : une femme qui n'aime pas s'ennuie, et je ne veux pas que vous vous ennuyiez.

Il s'est relevé, je ne l'ai pas revu avant le soir.

Clara

*

* *

Ma chère Clara,

D'abord cette passion conjugale, et maintenant cette amitié pour ta femme de chambre ! Ne sais-tu pas qu'il faut tenir les domestiques à distance, comme les maris ! Tout ce qui est au plus près de soi doit être tenu en respect. Sinon cela se mélange, rien ne tient, c'est le désastre. Et les servantes, il faut aussi les éloigner des maris. Cette fille sait plaire, et certainement pas qu'à toi ; méfie-toi d'elle. Comme elle te le dit – elle a au moins du bon sens pour l'instant – il faut connaître sa place. Mais elle n'est pas assignée une fois pour toutes, ainsi qu'elle prétend le croire. Le plus difficile n'est pas de l'avoir, mais de la garder. Ne sais-tu pas encore qu'il faut toujours se battre, surveiller sans cesse les environs ? J'oublie que tu méprises la jalousie : tu la laisses aux créatures inférieures de ma sorte...

Cette Finette mérite son nom. Souple comme une anguille, dis-tu : et tout aussi apte à se faufiler. Elle est entrée dans tes bonnes grâces parce que tu es très seule, coupée de ce qui faisait ta vie d'avant, que tu n'en as pas encore vraiment construit d'autre. Dans cette transitoire faiblesse, la compagnie d'une servante te semble irrésistible. Quand tu me parles de ton mari, c'est toujours pour me dire qu'il s'en va : de ton lit, de ta table... Ta merveille ressemble à un courant d'air. À part lui, n'y a-t-il personne dans cette bâtisse ? Saint-Erre n'a-t-il, dans la contrée où il a été élevé, ni famille ni amis ? Il a une réputation brillante et mondaine : on n'est pas ainsi dans un désert ! Cette solitude, ne l'a-t-il pas inventée pour toi ? On dirait qu'il se cache et qu'il te cache ! Cette Finette qui t'est venue par son valet, demande-toi quel est vraiment son rôle : t'espionne-t-elle pour le compte de ton mari ? Pourquoi Saint-Erre, qui déteste l'ennui, t'enterre-t-il avec lui dans cette campagne ?

Réfléchis, réfléchis ! On nous dit que nous ne devons pas penser : on nous bande les yeux avec de la dentelle, pour nous mener plus facilement au sacrifice. Je te le répète, le mariage ne consiste pas à se laisser vivre au gré de sa fantaisie. Il demande organisation, tirage de plans, élaboration de stratégie. Le couple est une longue bataille, la paix n'y est qu'une trêve. Les hommes l'ont voulu ainsi, parce que la guerre est leur élément. On ne peut le leur reprocher, c'est leur nature, comme celle du chat est de croquer les oiseaux. Et comme les chats, on peut les rendre doux, si l'on sait les caresser dans le bon sens. Mais on ne le fait pas pour son plaisir, car dans le plaisir on s'oublie. Le salut est toujours dans la tactique.

Agathe

*
* *

Ma chère Agathe,

Méfiance, méfiance, mais tu n'as plus que ce mot à la bouche ! Toi aussi le mariage t'a bien changée ! Tu étais franche et sans ruse, je t'aimais pour cela ! Tu me crois seule, mais tu dois être bien malheureuse, pour voir ainsi le mal partout !

Puisque je dois te distraire, je vais te raconter une histoire étrange qui vient de m'arriver.

Tu sais que notre chambre est tendue de rouge. Bien que Saint-Erre m'ait dit que je pouvais tout refaire à ma convenance, je n'y toucherai pas. Cette pièce semble avoir toujours été ainsi ; si je la changeais quelque chose se perdrait.

Finette a remarqué un léger relief sous la tapisserie. Elle a soulevé l'étoffe : une porte se découpait dans le mur. Elle a tenté de l'ouvrir, elle était fermée à clé. J'en ai parlé à Saint-Erre qui m'a répondu :

– Un cabinet se trouve derrière, il est fermé depuis longtemps. Demandez à Florent.

Florent :

– La clé s'est perdue.

Finette, que tu as bien tort de soupçonner et qui veut tout faire pour mon confort, a insisté :

– Dommage, ce serait commode pour ranger vos affaires.

J'ai pensé faire rechercher la clé, puis j'ai oublié. Quelle importance, la chambre est vaste et le château plus encore...

Eh bien Finette s'en est occupé, elle. Avec une tige de fer, elle a crocheté la serrure. Je l'ai félicitée :

– J'ignorais que tu avais de tels dons !

– Pour survivre quand on naît pauvre, mieux vaut savoir tout faire !

Derrière la porte se trouvait un cabinet de toilette tout en rouge et or. Une coiffeuse, un miroir, deux chandeliers. Sur la table des brosses, de la poudre, des peignes d'écaille, des pendants de corail. Une robe d'une étoffe aussi rouge que celle de la chambre était suspendue au mur.

Ces objets semblaient avoir été quittés la veille. Une présence les animait, le souffle imperceptible d'une vie les traversait. Tout était subtilement ravissant, d'un goût très particulier.

Finette décrocha la robe :

– Comme l'étoffe est délicate... Et c'est votre taille !

Je deviens paresseuse : je m'étais levée tard, je n'étais pas encore habillée. Finette drapait l'étoffe devant moi.

– Elle vous ira bien, elle sera juste un peu longue !

– Je ne porterai pas ce vêtement qui ne m'appartient pas !

Elle insistait :

– On dirait qu'elle a été laissée là pour vous !

C'était pour elle un jeu de petite fille qui s'affuble des vêtements de sa mère en son absence. Je me suis laissé revêtir avec un sentiment d'interdit vaguement excitant. Dans le miroir encadré d'or, la robe m'allait parfaitement.

– Je ne vous ai jamais vue aussi belle, s'écria Finette. J'ai toujours su qu'une inconnue se cachait en vous. Laissez-moi orner vos cheveux de ces peignes.

Elle m'a mis de la poudre, je n'en avais jamais usé auparavant. Je me suis regardée de nouveau et j'ai vu que j'étais une autre. Pas seulement plus belle, vraiment une autre : une femme que je n'avais jamais rencontrée et qui ne sortait pas de moi, comme Finette l'imaginait. Une femme venue d'ailleurs pour m'habiter. La robe n'était pas trop longue : j'avais grandi. J'étais une étrangère, qu'il me semblait pourtant connaître. Je tournais dans une espèce de vertige. Et derrière moi Finette répétait :

– Je ne savais pas que vous étiez si belle !

Je voulus ôter cette toilette et ces bijoux, cependant je ne pus m'y résoudre. Une part de moi ne les supportait pas, une autre s'y sentait à l'aise. Je frottai mon visage pour en ôter la poudre et cela me soulagea un peu. J'étouffais soudain et je sortis du cabinet, lissant les plis de la robe longtemps confinée.

La chambre rouge est au rez-de-chaussée. Elle donne sur la vallée et communique avec un boudoir tendu d'une toile imprimée de bergers et de bergères, rouges sur fond blanc. Ce boudoir ouvre sur le parc par l'intermédiaire d'une terrasse. Je préfère cette vue plus paisible et pour en profiter, j'avais laissé grande ouverte la porte-fenêtre entre les deux pièces, et aussi celle du boudoir. La matinée était splendide : il m'a semblé que la lumière m'appelait, et que l'azur du ciel m'invitait. J'avançai d'un pas sur la terrasse.

Saint-Erre sortit du couvert des arbres, précédé de ses chiens. Le bonheur m'envahit. Je pensai qu'il me verrait enfin comme il devait me voir : maintenant, il m'aimerait.

Clara

*

* *

Ma chère Agathe,

Je ne sais que penser, à peine plus qu'écrire...

Saint-Erre approcha d'un pas rapide. Je reculai et restai figée au milieu du boudoir ; je me sentais transfigurée. Selon le goût de mon mari un feu brûlait dans la cheminée : il me sembla qu'il brûlait aussi dans le rouge de la robe. La même phrase me traversait l'esprit, encore et encore, très vite :

– Maintenant, il m'aimera. Il ne me résistera plus.

Une peur étrange se mêlait au sentiment de puissance que j'éprouvais pour la première fois. Auparavant je connaissais le mot mais non son sens. Cette puissance de femme, très particulière, c'était le feu qui émanait de la robe.

Saint-Erre s'arrêta sur le seuil et me regarda. Jamais je ne lui avais vu pareil visage : celui d'un enfant et en même temps d'un animal des forêts. Le vernis languide avait disparu. Sa voix fut presque un cri :

– Je veux que vous portiez toujours cette robe et ces bijoux. Mais vous vous coifferez différemment.

Il me prit par la main, me ramena dans le cabinet, m'assit devant la coiffeuse. Debout derrière moi il me regardait dans le miroir. J'avais très chaud, mais il me semblait que l'air était glacé. Il demanda :

– Qui a ouvert la porte du cabinet ?

– Finette.

– Elle a bien fait.

Il l'appela, elle vint très vite, comme si elle s'était tenue à l'affût.

– Arrangez-la ainsi, dit-il. Il enfonça ses mains dans mes cheveux, un frémissement me parcourut. Il recula et Finette se mit au travail. Derrière moi Saint-Erre contemplait mon reflet.

– Tu peux partir, dit-il à Finette.

Je comprenais la raison de ma peur : une autre avait pris ma place. Mais je n'avais jamais été autant moi-même.

Finette fila comme elle était venue. Saint-Erre me fit lever et sortir du cabinet. Je me forçai à le regarder en face.

– Je ne peux pas porter toujours cette robe !

Il sourit :

– Seulement lorsque je vous le dirai.

– Elle ne m'appartient pas, je dois la laisser où je l'ai trouvée.

Le visage de Saint-Erre se durcit ; je ne savais ce qui me poussait à lui résister. Mais il répondit très calmement :

– Lorsque je ne vous demanderai pas de la mettre, le cabinet restera clos. Ce sera votre robe secrète.

Brusquement il me gifla et me jeta en travers du lit. Puis il me fit ce que les maris font aux femmes.

Clara

*

* *

Ma chère Clara,

Ta lettre n'explique rien mais elle dit tout. La robe et les bijoux appartenaient à la tante. Tu dors dans sa chambre. Ce qui ressemble à de la perversité n'est que le désespoir inscrit dans le miroir du rêve. En ouvrant la porte du cabinet peut-être fermée à dessein, pour te protéger (si c'est lui) ou au contraire t'exposer (si c'est la tante) tu es tombée dans le piège qu'on t'avait tendu. Mais Saint-Erre n'est quand même pas Barbe-Bleue !

Tu n'aurais pas dû forcer ce panneau. Je te le répète, on ne doit pas trop partager avec son mari. Nous avons tous en nous une porte dont la clé s'est perdue. Et il y a d'habitude une bonne raison. Tu te croyais chez toi, tu te trompais. C'est une différence entre les hommes et nous : nous succédons toujours à quelqu'un. Mieux vaut fermer les yeux sur les zones secrètes de l'autre. Maintenant que tu y as pénétré, il faudra y voir clair jusqu'au bout, fût-ce à tes dépens. Tu ne peux demeurer dans le doute et le soupçon, il n'y a rien de pire, cela te rongerait. D'ailleurs tu es trop franche pour dissimuler.

Quant à la gifle, oublie-la. Ces brutalités ordinaires ont l'importance que nous voulons bien leur accorder. Une femme avisée peut y voir un bon signe. S'il perd son calme c'est que tu comptes pour lui. Et puis ce n'est pas toi qu'il a frappée, mais cette femme à qui il reproche de l'avoir quitté. Encore une fois, nous ne sommes jamais la première : une mère au moins nous a précédée. Nous payons d'abord pour elle.

Accepte de porter cette robe. Laisse-le te confondre avec celle qu'il a aimée : la routine, encore une fois, la routine qui les rassure ! Puis tu marqueras ta différence et tu t'imposeras. C'est toi la maîtresse maintenant, de son lit et de sa maison. La tante l'était aussi mais différemment : il ne l'a pas épousée...

J'avais mal évalué la situation : je crois que tu vas devoir te faire aimer.

Agathe

*

* *

Ma chère Agathe,

« Elle était belle et elle était bonne », m'a-t-il dit : il parle de Lucie comme d'une morte.

À Forsages elle ne sortait presque pas de la chambre. Elle passait son temps à lire des romans, couchée sous l'édredon rouge, car elle avait toujours froid. C'est pour cela que Saint-Erre y fait du feu. Une maladie de langueur la laissait perpétuellement fatiguée. Elle a fait ouvrir la porte-fenêtre communiquant avec le boudoir pour voir le parc de son lit. Saint-Erre dormait avec elle la nuit « pour lui tenir chaud ». (Ne ris pas.)

– Je l'enlaçais, pour l'empêcher de grelotter, dit-il.

Lorsqu'il l'enlaça d'une autre manière, la tante ne guérit pas (je t'entends encore rire) mais grelotta moins.

– Je la voulais, répétait-il. Je l'avais vue nue pour la première fois quand j'avais sept ans. J'ai ouvert la porte du cabinet. Assise à sa coiffeuse elle se mirait. Elle s'est retournée. Je restais là saisi et je la regardais. Elle m'a souri, s'est levée et a refermé. Je suis resté figé devant la porte à nouveau close. Je souriais en pensant à son sourire. Un jour je la verrais encore ainsi, sans chemise, et elle serait toute à moi.

J'ai demandé à Saint-Erre s'il avait parfois douté de l'attachement de Lucie.

– Jamais.

Avait-elle eu des raisons de douter du sien ?

– Elle me connaissait, comprenait mon empêchement. Je l'aimais trop pour savoir l'aimer. Les autres femmes étaient nécessaires entre elle et moi. Cela nous protégeait des racontars, mais aussi de la proximité de sang, d'un excès de tout... Il n'y avait qu'elle dans ma vie, quelque autre qu'il pût y avoir. Si j'avais eu cent maîtresses il n'y aurait encore eu qu'elle. J'étais trop collé à elle pour ne pas fuir et elle savait cela aussi.

Elle souffrait et cela me paraissait normal. Je l'avais toujours vue souffrir. Les femmes souffrent, c'est leur façon d'être femmes. Moi, je ne souffrais pas, parce que je n'avais rien connu d'autre que cette situation impossible et qui me semblait naturelle. J'ai commencé à souffrir lorsque j'ai su qu'elle était partie, et je ne l'ai pas supporté. Souffrant c'est comme si j'étais devenu elle, comme si nous avions échangé nos places : elle qui partait et moi qui souffrais. Alors je vous ai épousée.

– Pourquoi s'est-elle enfuie sans essayer de vous parler ?

– Cela n'aurait servi à rien, je ne l'aurais pas écoutée. Du jour où je l'ai possédée j'ai cessé de l'écouter. J'étais sourd et je n'en faisais qu'à ma tête. Si elle me parlait maintenant, je l'entendrais, mais c'est trop tard.

Voilà l'histoire... Qu'en dis-tu ?

Clara

*

* *

Ma chère Clara,

Ici les jours se succèdent plaisants et semblables. Un léger gonflement signale qu'en moi l'enfant pousse. Avec Frédéric nous échangeons quotidiennement les mêmes paroles et les mêmes tendresses. Je suis très satisfaite de cela, j'en serais satisfaite, plutôt, si tu ne menais pas une existence si romanesque.

Il n'y a pas si longtemps c'est à toi qu'il n'arrivait rien. Pourtant déjà je t'enviais cet art exaspérant de trouver dans chaque miette de la vie un monde d'aventure. Ce que je prenais pour de la résignation m'apparaît maintenant comme la prescience d'un destin.

Ce qui t'arrive, si cela devait m'arriver, me jetterait dans l'effroi. Mais tu me narres ces étrangetés sur un ton aussi tranquille que naguère tes promenades dans les champs, tes bonds au-dessus des ruisseaux. Je te répète de faire attention. Avec l'équilibre des somnambules, tu côtoies l'abîme.

Pourquoi Lucie a-t-elle laissé cette robe dans le cabinet ? Un cabinet fermé à clé comme pour mieux t'inciter à la trouver, puisqu'une porte close donne toujours envie de l'ouvrir ? Pourquoi Saint-Erre a-t-il laissé la robe dans le cabinet, sachant que tu occuperais cette chambre ? Lorsqu'un célibataire s'apprête à recevoir chez lui la femme qu'il vient d'épouser, il charge ses gens d'y faire le ménage !

Tu crois que Saint-Erre t'a tout dit, pourtant il y a un mystère chez ton mari que tu n'as pas encore levé. Éclaire au plus vite ces recoins obscurs,

Agathe

*
* *

Ma chère Agathe,

La robe la parait la première fois qu'il l'a eue. Les bijoux et les peignes aussi. La clé, elle l'a emportée ou elle l'a jetée. Mais elle devait se douter qu'on ouvrirait. Elle laisse ainsi derrière elle le parfum d'un regret perpétuel.

Elle devait se douter qu'elle partie, il ne saurait vivre sans une femme. Elle savait que celles avec qui il la trompait n'étaient que des paravents derrière lesquels il cachait la force du lien qui l'attachait à elle. Ce lien qui n'était que le relais d'un autre. Ce séducteur n'a jamais voulu qu'une mère. Et comme la sienne il l'a trop peu connue, il lui en fallait une autre qui fût entièrement à lui. Cela le rend à la fois très fort et très faible.

Je ne sais pourquoi cela m'a mise en fureur. J'étais hors de moi comme cela ne m'était jamais arrivé. J'ai crié :

– Voilà pourquoi vous m'avez épousée : n'importe qui aurait fait l'affaire. Pour que je le comprenne, elle a laissé ce costume dans lequel vous voulez que je me déguise. C'est son ironie, c'est sa vengeance. Vous lui avez toujours obéi, et vous lui obéissez encore !

Il a répondu :

– Vous voyez trop clair et c'est un tort !

Il me menaçait, le teint blanc, les traits crispés.

J'ai ajouté :

– Cette robe je la hais, il faut la brûler.

Et lui, entre les dents :

– Vous ne la brûlerez pas, elle restera dans le cabinet. Finette l'a rangée. J'ai refermé, je garde la clé.

– Elle n'était donc pas perdue !

Je me suis précipitée et j'ai soulevé la tenture. Une nouvelle serrure luisait. Tendu à l'extrême Saint-Erre triomphait. J'ai crié :

– Vous avez bien fait d'enfermer la robe, je ne la porterai plus jamais.

– Vous ferez ce que je vous dirai.

– J'irai nue plutôt.

– C'est une idée ! Vous ferez le tour du village comme Lady Godiva : sur un cheval, vêtue de votre seule chevelure.

Il a éclaté d'un rire méchant, montrant les dents.

– Vous ne savez pas de quoi je suis capable, quand on ne fait pas ce que je demande !

J'ai éclaté en larmes et quitté la chambre. Faut-il être vaincue pour faire une épouse acceptable ? Je n'aime pas être vaincue. J'ai appelé Finette :

– Pourquoi as-tu rangé la robe sans me demander mon avis ?

– Je voulais vous épargner. Je vous voyais bouleversée, et puis Monsieur aussi était bouleversé. Il m'a donné des ordres, qu'est-ce que j'y peux ?

Certaines femmes sont défaites d'avance, de par leur position dans la société. Finette est ainsi. Je l'ai regardée avec attention. Son visage exprimait l'envie de bien faire.

– Pourquoi ne m'as-tu pas prévenue qu'on changeait la serrure ?

– Vous étiez partie pour une de vos promenades qui durent longtemps... Et je croyais que Monsieur vous l'avait dit...

Finette a éclaté en sanglots. Cela m'a exaspérée. Le visage dans son tablier, elle parlait à travers la batiste.

– Je ne supporte pas que Madame pleure !

– Tu pleures bien, toi !

– Ça ne me fait rien, à moi, de pleurer ! J'aime mieux pleurer, plutôt que ce soit vous !

Elle hoquetait de plus belle.

– À quoi te sert de pleurer pour deux ?

– Je pleurerais pour trois, si cela devait vous consoler...

J'ai éloigné son bras de son visage ravagé par un désespoir enfantin.

– Pourquoi te mets-tu dans des états pareils pour des choses qui ne te concernent pas ?

– J'ai peur ! Je vois que Monsieur est fier, mais que vous l'êtes encore davantage. Il ne faut pas le pousser à bout !

Elle a recommencé à pleurer, comme si s'écoulait de ses yeux tout le chagrin du monde.

– N'es-tu pas heureuse ici ?

– Si, justement, plus que jamais ! Vous me traitez si bien ! Surtout j'étais heureuse de vous voir heureuse, et aussi de voir que Monsieur était content. Mais je sens l'orage, j'ai peur que les choses se gâtent. Je ferais n'importe quoi pour vous plaire, et pour que tout aille bien à nouveau.

– Parce que tu crois que tu y peux quelque chose ?

– Je ne suis rien, pourtant souvent c'est les petits qui font la différence.

Prise d'une inspiration je me suis écriée :

– J'en ai assez de cette pièce : je n'y suis qu'une invitée. Lucie est partie, mais elle règne encore ici. Je dois surmonter cela, oublier cette chambre et la faire oublier à Saint-Erre. Aide-moi donc à en trouver une autre...

Finette s'est éclairée :

– La bleue est si jolie !

Elle s'est précipitée dans le couloir, je l'ai suivie. Elle a ouvert une porte, poussé des persiennes. En arrivant, j'ai fait un tour du château, mais cette enfilade poussiéreuse m'a vite lassée. Il me semblait que la chambre rouge serait mon seul univers.

– Regardez, Madame la marquise, d'ici aussi on voit l'eau... C'est toujours bien de pouvoir regarder l'eau...

Elle riait à la fenêtre. L'étang brillait comme un miroir gris. Les larmes me sont à nouveau montées aux yeux et j'ai embrassé Finette.

– Comment as-tu deviné que j'aimais l'eau ?

– Parce que je l'aime aussi !

– Tu crois donc que nous aimons les mêmes choses ?

Embarrassée elle a baissé les yeux. Je suis revenue au centre de la chambre. Aux murs, des bergers et des bergères bleus dansaient sur la toile blanche.

– C'est un peu loin, pourtant... Ce long couloir... ai-je regretté.

– Il faut mettre toute la distance possible entre cette femme-là et vous. Qu'il l'oublie, qu'il vous voie pour ce que vous êtes. Vous êtes bien mieux qu'elle, de toute façon !

– Pourquoi ? ai-je demandé surprise, tellement j'étais convaincue que « cette femme-là » m'était supérieure.

– Parce que vous êtes là ! lança Finette.

Elle m'a regardée avec tant d'émotion que cela m'est allé droit au cœur.

– Veux-tu être mon amie, Finette ?

– Je le suis déjà, Madame, et plus encore. Je n'ai pas eu de sœur mais c'est ce que vous êtes pour moi. Cela ne m'empêche pas d'être à votre service. Je connais ma place, vous le savez. Il y a une grande distance de vous à moi, pourtant, d'une certaine façon, il n'y a pas de différence ; je bats du même cœur que vous.

Je sais que cela te mettra en colère. Tu le désapprouveras : tu réprouves les bouleversements qui sont mon lot depuis que mon père m'a jouée aux cartes. Un hasard, forme perverse de détermination, a décidé de gouverner ma vie. Ce n'était pas dans l'intention de mon père de produire cet effet-là. Mais s'il savait il s'en laverait les mains. Je ne peux que m'abandonner aux bizarreries du sort. Malgré mon mariage je suis entièrement seule, et de vie, je n'en aurai point d'autre.

Sans l'adhésion de monsieur d'Orcelles à l'étrange lubie de Saint-Erre, rien ne se serait produit. Un père qui parie sa fille, est-ce encore un père ? Est-il surprenant que je me batte contre le chaos, quand l'auteur de mes jours m'a jouée ainsi ?

Finette m'aime d'un pauvre amour que je n'ai pas demandé. Et j'ai besoin de cet amour, à mesure que l'espoir s'éloigne de gagner celui de mon mari.

Avec elle de mon côté, le sol tremble moins fort sous mes pas.

Clara

*
* *

Ma chère Clara,

Ces hommes se disent des Lumières, et ne font que plonger dans une obscurité plus grande un monde déjà plein d'ombres. Ta vie s'engloutit dans le désordre, et je ne peux que le déplorer. Tu ne fomentes pas ce trouble, mais tu l'acceptes : voilà ce que je te reproche. Une épouse ne doit pas encourager son mari dans les folies. C'est pourquoi ce qu'on appelle aimer est dangereux et même nocif : vois où cela conduit. Là comme ailleurs, il faut de la modération. L'affection doit suffire, la passion est à bannir.

Les propos de cette Finette sont insensés, comme chaque fois qu'une servante veut se hisser au niveau de sa maîtresse. Je crains qu'elle aussi ne soit infestée par ces idées nouvelles qui gagnent le pays à la vitesse de la peste. L'abolition des privilèges, c'est le retour au chaos originel. Il y a une différence entre une servante et sa maîtresse, et c'est à la maîtresse de la marquer toujours. Car lorsque la limite s'efface il n'y a plus ni servante, ni maîtresse, donc il n'y a plus rien. Reprends-toi !

Agathe

*

* *

Ma chère Agathe,

La chambre bleue (choisie par ce despote séditieux qu'est Finette) ne me plaît pas seulement à cause de la vue, mais pour ses tentures un peu fanées, si reposantes pour l'œil après le flamboiement du lit de Lucie. Un B s'entrelace à des oiseaux au fronton de l'armoire et sur la soie de l'oreiller. J'ignore qui vivait ici, mais il y flotte encore l'écho d'une présence moins impérieuse, moins tourmentée aussi.

Comme je déplorais la longueur du couloir, Finette m'a de nouveau rassurée :

– Quand il voudra il saura vous trouver. Le trajet ne vous donnera que plus de prix.

Tu vois qu'elle pense comme toi. Je ne réfléchis jamais en ces termes-là ; mais comme mes raisonnements ne produisent guère d'effets heureux, je peux aussi bien en suivre d'opposés. La révolte gagne du terrain…

En un tournemain Finette déménagea mes affaires. À peine étais-je installée, Saint-Erre surgit.

– Qu'est-ce que c'est, cria-t-il regardant autour de lui, pourquoi avez-vous quitté la chambre rouge ?

Finette s'éclipsa. Je sentis à nouveau monter en moi une force inconnue.

– Je ne dormirai plus dans le lit d'une autre.

Il s'esclaffa. De plus en plus son rire me paraît cacher de la haine. Je dis pour l'arrêter :

– Les pièces de ce couloir sont inoccupées depuis longtemps. J'ai choisi celle-ci, je n'y dérangerai personne. Le bleu est depuis toujours ma couleur, je me sentirai davantage chez moi.

– Savez-vous depuis combien de temps cette aile est vide ?

– Longtemps, on le sent bien, et d'ailleurs le château est si vaste...

– Personne n'a dormi ici depuis la mort de ma mère. Cette chambre était la sienne. Avez-vous remarqué ce B qui s'épanouit sur le bois et sur la toile ? C'est l'initiale de son prénom, Brune !

Il s'approcha, le visage déformé par la colère :

– Vous pâlissez ; avant de défaillir, allongez-vous sur ce lit qui n'est pas le vôtre !

Un sort malin me poursuivait. Je ne pouvais rien faire qui ne fût une erreur. Toute tentative pour m'extraire des sables mouvants m'y enfonçait. Je me repris avec difficulté, cherchant l'air entre les mots :

– Il doit bien y avoir une chambre ici qui soit libre de souvenirs ! Indiquez-la moi, j'y dormirai.

Saint-Erre s'adoucit ; mais l'étrange lueur que je commençais à connaître brûlait encore dans son regard.

– Le château entier est chargé de souvenirs. Finalement, cela me touche que vous choisissiez cette pièce. J'ai peu de souvenirs de ma mère, sa mort a presque tout effacé. Mais il doit bien demeurer ici quelque chose d'elle, et qui vous a attirée.

Je tremblai :

– Vous dites cela mais si je reste vous m'en voudrez.

Il se radoucit davantage.

– Voici ce que nous ferons. Vous êtes la nouvelle châtelaine de cette vieille maison. Un jour vous la visiterez tranquillement, à tête reposée, et vous choisirez l'endroit qui vous conviendra. Vous le décorerez à votre guise. En attendant vous dormirez dans la chambre bleue, et moi dans la rouge. Nous serons comme de vieux époux. Mais je promets de venir vous retrouver dans celle-ci.

La nuit suivante pourtant j'attendis en vain. L'oreille tendue vers le pas espéré je ne pouvais trouver le sommeil. Une grosse lune rousse embrasait les rideaux, augmentant mon angoisse. Je décidai d'aller dans la chambre rouge. Longeant le couloir une chandelle à la main, je me fis l'effet d'un fantôme.

Sous l'édredon écarlate Saint-Erre non plus ne dormait pas. Il me dévisagea, buté. Enfin il tira une clé d'une bourse posée sur la table de chevet et me la tendit.

– Mettez la robe.

Je refusai.

– Mettez-la, ou retournez dans votre chambre. Je ne vous foutrai plus que vous ne la mettiez.

Je fondis en larmes. Il me regarda avec ironie. Je pris la clé, ouvris le cabinet et revêtis la robe. Je me tins devant le lit, pleurant de plus belle. Saint-Erre attendait. Je m'allongeai à ses côtés. Il baissa le corsage, releva la jupe et fit ce que je voulais qu'il fît. La chandelle embrasait les rideaux du lit. À travers mes larmes la chambre paraissait flamber. Mais dans les bras de Saint-Erre je n'éprouvais plus rien.

– Vous pouvez retourner chez vous, dit-il se rajustant, je ne dors pas avec une femme qui pleure.

– Cela ne vous a pas gêné tout à l'heure.

– Foutre et dormir sont deux choses distinctes.

Il me regardait comme un enfant méchant. J'ôtai la robe, la jetai sur le lit, remis ma chemise et retournai dans la chambre bleue. Je pleurais toujours, moins que la pluie d'orage qui crépitait au dehors.

Clara

*
* *

Ma chère Clara,

Bien sûr tu es malheureuse, bien sûr cela devait arriver. Je me demande si tu n'appelles pas tout cela. Es-tu capable d'accepter l'aubaine que représente ce mariage ? Tu me fais penser à ces pauvres qui n'ont jamais mangé que du pain sec et à qui un caprice de la vie sert soudain de la soupe au lard. La savourent-ils ? Non ! Ils veulent du rôti, se lamentent et tempêtent.

Qu'est-ce que cela te fait de mettre cette robe, puisqu'elle te va bien ! Il ne te demande pas de la porter sans cesse ! Tu te disais prête à tout pour le rendre heureux, et tu refuses son unique demande ! Car cet époux est très accommodant. Il ne rentre pas de la journée, te laissant t'occuper à ta guise. Si ta chambre ne te plaît pas, il te propose d'en changer. Qu'attends-tu de mieux d'un mari ? Toi si sobre, te voilà gloutonne ! Tout te convenait, rien ne te suffit ! Encore une fois, sors de cette folie avant que cet homme ne se lasse pour de bon. Tu refusais de marcher sur les traces de ta mère, t'y voilà presque. Veux-tu que Saint-Erre retourne à Paris, reprenne goût au jeu et aux femmes complaisantes, te laissant seule dans ces murs ? Est-ce là le destin, de courir tête baissée vers ce qu'on redoute le plus ?

Non : le propre de l'être humain, son bonheur et son devoir – oui, cela se confond – c'est de choisir : soit le meilleur, soit le pire. Mais on choisit. Prends le meilleur, tu le peux encore ; mais sans doute pas pour longtemps.

Agathe

*

* *

Ma chère Agathe,

Si c'est cela la folie, au moins c'est la mienne. Je refuse d'être une autre, malgré le fantôme de la tante, malgré les désirs de mon mari. Ses désirs ne sont pas vraiment ses désirs : ce sont ceux de Lucie. Je devine avec quelle force elle l'a investi, puisqu'en si peu de temps et à distance, elle a produit sur moi un effet si fort !

Je dois refuser de remplir ses conditions, afin de soustraire Saint-Erre à une attraction dont le but est la jouissance du péché. Ce n'est plus seulement que je veux qu'il m'aime, c'est qu'il doit m'aimer. Seul un amour pur le tirera de son enfer.

Je refuse de le rendre heureux, reproches-tu, mais sais-tu ce qu'est un pareil bonheur ? Une telle félicité n'en mérite pas le nom, elle se renie elle-même. Comment peut-il m'aimer s'il en hait une autre à travers moi ?

Car il le hait, ce malheureux fantôme. Tandis que mon jupon relevé il accomplissait ce qu'on nomme son devoir, la violence irradiait de lui. Cela n'empêcha pas le plaisir de m'envahir, plus aigu que jamais ; mais qu'est-ce qu'un plaisir né de la haine ? À travers lui je me haïssais à mon tour. Quand je l'ai compris, mon cœur l'a refusé. Mon corps a obéi, et je n'ai plus rien ressenti dans ses bras.

Pourquoi un hasard mêlé de nécessité m'a-t-il fait échouer dans la chambre bleue après avoir fui la chambre rouge ? Parce que c'était la chambre de sa mère. Pour comprendre Saint-Erre, je dois remonter le temps. Les vieilles demeures nous parlent de leurs anciens occupants : leurs murs en sont imprégnés. Ce que Saint-Erre ne me dit pas, ce qu'il ne se dit pas à lui-même, le château me l'apprend. Il guide mes pas dans la course au trésor d'un passé oublié. À travers les pierres, les couloirs, les portes et les tentures c'est Lucie qui me parle, c'est Brune. Lucie bâillonnée par le lien du corps, et Brune par sa mort précoce. Ce qu'elles n'ont pu dire à mon mari, elles me le disent à moi qui suis une femme comme elles, qui l'aime comme elles l'ont aimé. Pas de maléfice dans ces coïncidences : elles disent pour que j'apprenne, pour que j'affronte, pour que je réussisse, pour que j'empêche Saint-Erre de me détruire et de se détruire.

Ces voix muettes gênent l'accomplissement de desseins complaisant à la mort. La mort, ces femmes la connaissent. Elles savent qu'il y va par un amour mal compris. Elles savent que cet amour se retourne en haine et que Saint-Erre veut m'y entraîner avec lui. Elles me parlent pour qu'au-delà de la séparation j'achève à leur place une construction d'amour. Elles me guident parce que trop lointaines et trop proches elles ne peuvent plus le guider. Elles sont en lui, dévorées ; il les dévore chaque jour davantage ; il me dévorera, si je ne les écoute pas. Écouter ne signifie pas obéir. Je ferai ce que je croirai bon et non ce qu'elles me demandent : moi seule suis aux côtés de Saint-Erre aujourd'hui, moi seule ai les cartes en main.

C'est pourquoi je ne dois pas mettre la robe ; c'est pourquoi je devrai chercher un autre refuge que la chambre bleue. Ce ne sera pas une fuite mais un choix. Ce n'est pas parce qu'on n'a pas le choix qu'on ne choisit pas. Si on veut, on choisit même son absence de choix.

Je n'ai pas fait d'erreur en ouvrant la porte du cabinet ; derrière elle Lucie m'appelait, comme Brune m'appelait depuis la chambre bleue. Mais je ne céderai pas à la confusion. Je ne suis ni Lucie ni Brune. Je dois écouter ces fantômes afin qu'ils ne puissent plus me hanter. Et je dois remercier Saint-

Erre : par cette lutte qu'il m'oblige à mener, je me trouverai.

Clara

*
* *

Ma chère Agathe,

Ou tu n'as pas eu le temps de répondre à ma dernière lettre, ou elle t'a tellement déplu que tu ne le veux pas. Je préfère m'en tenir à la première hypothèse.

Je t'ai sans doute choquée en affirmant que dans ces circonstances, le plaisir que me donnait Saint-Erre n'était que plus aigu. Puisque j'y ai renoncé, me pardonneras-tu si j'ajoute que c'était un plaisir sombre, où rôdait quelque chose d'affreux ? Comment le plaisir peut-il surgir avec tant de violence et de facilité de la haine et de la douleur ? Comme tu ne réponds pas, je le ferai à ta place. La violence vient de la douleur et la facilité de la haine ; c'est plus facile de haïr que d'aimer. Je le comprends sans l'admettre. C'est ce refus qui glace ma peau.

Je ne t'ai pas encore tout raconté. Après cette soirée troublée, je tardai à trouver le sommeil. Finette s'écria au matin :

– Que vous est-il arrivé, Madame ?

Elle semblait affolée. Je courus au miroir qui surmonte la cheminée. Mon reflet m'atterra.

– Vous a-t-on battue ? demanda Finette avec une désolante candeur.

– Qui veux-tu qui me batte ?

Les larmes versées avant de m'endormir avaient gonflé mes paupières. Entre ces bouffissures, mes yeux n'étaient plus que deux fentes.

– J'ai beaucoup pleuré.

– Bon ! Je croyais qu'on vous avait battue seulement.

– Seulement, m'écriai-je, as-tu l'habitude d'être battue ?

– Je la perds depuis que je vis auprès de vous. Mais avant, on m'a toujours battue.

– Ma pauvre enfant ! Et ne pleures-tu pas quand on te bat ?

– Non, répondit-elle, pas pour si peu.

Elle ressortit en disant :

– Je vais vous chercher de l'eau de bleuet. Je vous mettrai des compresses, pour faire dégonfler. Monsieur ne doit pas vous voir ainsi.

Je la retins :

– N'a-t-il pas dit que mes larmes ne le dérangeaient pas ?

– Les larmes non, les conséquences oui. Un homme aime bien voir une femme pleurer, tant qu'elle reste belle. Cependant, mieux vaut ne pas lui plaire de cette façon.

– Pourquoi donc ?

– Parce qu'il pourrait y prendre goût, répliqua Finette, qui me jeta un regard rapide comme s'interrogeant sur mon intelligence. Je la rappelai encore :

– Que veux-tu dire ?

Finette fixait ses pieds avec gêne.

– Avez-vous déjà vu le chat faire son affaire à la chatte ?

– Oui, mais pas de trop près ; on m'a appris à éviter ces choses-là.

– À moi, Madame, on n'a rien appris de semblable. À vrai dire on ne m'a pas appris grand-chose, et c'est tant mieux, parce que je n'ai pas d'empêchement.

– Comment cela, pas d'empêchement ?

– On ne m'a pas empêchée d'apprendre ce que je n'aurais pas appris si on m'avait appris le reste.

Elle regardait de biais, mordant son sourire.

– Ça miaule beaucoup, car la chatte n'est pas contente. Elle griffe le chat au museau quand il approche. Les matous sont comme les hommes, ils aiment un peu être giflés, ça leur fait de l'excitation. Un peu mais pas trop, ou bien ils ne seraient plus des mâles. Quand il en a assez, le matou bondit sur la chatte et lui mord la nuque pour la tenir en place. Il a le même air que quand il joue avec une souris. Le chat, quand il fait l'amour, il fait la guerre. La chatte veut se dégager, elle le traîne. Il ne lâche pas prise et ça l'amuse sûrement plus que si elle se laissait faire... La chatte, ça lui fait mal, elle pousse des hurlements, mais elle y passe tout pareil...

Nous nous tûmes un moment, puis :

– Il vaut mieux, Madame, ne pas donner à un homme l'occasion de comprendre qu'il peut vous faire en même temps l'amour et la guerre. À conjuguer ses passe-temps favoris, il risque de ne plus les séparer. Il peut prendre goût, comme le chat, à vous faire mal en vous faisant du bien. Le chat n'a pas le choix, l'homme si. Mais deux plaisirs à la fois, il ne saura peut-être pas refuser de les prendre.

Comprends-tu pourquoi j'écoute Finette ? Il y a chez cette paysanne plus de réflexion et de sagesse que chez toi et moi combinées. Ton affection m'excusera sûrement, ma chère Agathe...

Clara

*

* *

Ma chère Clara,

Avant de répondre aux questions que tu me poses, je t'annonce une grande nouvelle : la tante est morte ! L'ai-je rêvé, l'ai-je appris par les gazettes ? Ni l'un ni l'autre. Comment l'ai-je su ? C'est que tu parles d'elle au passé, c'est ce fantôme qui hante le château, et c'est cette sensation de froid que transmet son approche. Crois-moi si tu veux : je sais que c'est vrai.

Pour en venir à ta lettre : oui, mon affection t'excuse, et je crois qu'elle devra t'excuser de plus en plus. Je te vois perdue comme un bateau dans la tempête. Décidément Saint-Erre est dangereux. J'en avais le pressentiment, je souhaitais me tromper. Je me suis tue pour ne pas contribuer à ruiner un bonheur malgré tout possible. Ta mère aussi pressentait le péril : dans sa faiblesse, elle cherchait à le prévenir. Mais une fille qui veut devenir femme n'écoute plus sa mère : pour aller de l'avant, elle rompt les chaînes du passé. Elle s'empêche ainsi d'éviter de grands pièges.

Si l'enfant que je porte est une fille, saurai-je rendre assez souple et pourtant solide le lien qui nous attachera, afin qu'elle mène sa vie sans se priver de mon expérience ?

C'est bien l'appartenance de Saint-Erre au parti des libertins qui devait alerter. Ils répandent partout leurs idées pernicieuses ; du noble au vilain on les écoute. Finette aura entendu ces paroles qui nous trahissent, et plaisent donc aux pauvres. Dans nos salons préservés on ignore ce qui se passe, mais Frédéric me l'a expliqué. Le peuple se réunit, des livres dangereux passent de main en main. Ceux qui savent lire le font pour les autres. On commente ce qu'on n'a pas compris, et le mal est fait. La graine est semée et l'herbe nuisible croît avec la vigueur qu'on lui connaît.

Finette est convaincue « qu'elle et toi, c'est la même chose ». Cela ne te suffit-il pas ? Tout cela vient de Saint-Erre par l'intermédiaire de son mauvais valet, dont elle est m'as-tu dit la cousine...

Qui se ressemble s'assemble ; Saint-Erre étant de ce parti qui propage le désordre, le valet doit en être aussi. A-t-on placé cette Finette près de toi pour te corrompre ? Prends garde qu'elle n'ait l'air de tant t'aimer que pour mieux aider son maître à te contrôler. Je ne serais pas étonnée qu'elle prenne auprès de lui des ordres secrets, qu'il lui indique comment t'influencer, qu'elle lui répète tes réactions.

Quand tu liras ces lignes tu m'en voudras, et tu auras tort. Une telle manipulation est bien de cet homme : si tu es l'innocence même, il est tout le contraire. Je souhaite encore me tromper. Mais prends garde qu'un jour, la maîtresse ne devienne servante et la servante maîtresse. N'est-ce pas le but de ces gens-là de tout mettre à l'envers ? L'égalité n'existe pas, n'existera jamais. Sur notre anéantissement, ils croient bâtir leur avenir. Ils ne voient pas que tout s'écroulera, et eux avec : car ils sont les principaux bénéficiaires de l'ordre que nous faisons régner. Lorsqu'on mine les fondations d'une maison, tous les habitants sont écrasés. Ne vois-tu pas comment des choses apparemment insignifiantes entraînent d'immenses conséquences ?

Agathe

*
* *

Ma chère Agathe,

Est-ce parce que tu vas bientôt être mère ? Nous semblons chacune fixée dans un rôle : toi qui grondes, et moi qui me justifie, presque qui m'excuse, d'avoir l'audace de chercher mon chemin. Un chemin tortueux peut-être, étroit sans doute, bordé de fleurs sauvages mais aussi de ronces ; en tout cas un chemin qui soit le mien, non une de ces grandes allées où d'innombrables pas ont déjà laissé leur empreinte.

Que tu le veuilles ou non, mon amitié avec Finette est scellée. Autour de moi les mains tendues sont trop rares pour que j'en dédaigne une – la seule en fait !

Sitôt que j'ai lu ta lettre j'ai su que tu disais vrai à propos de Lucie, avec la même conviction inexplicable qui t'a inspirée. Lucie et son mari ont-ils été attaqués par des sauvages ? Il faut un grand courage pour oser se risquer dans ces contrées. Je ne peux m'empêcher d'éprouver pour cette femme une espèce d'admiration. Pourtant elle rend ma vie plus difficile morte que vivante : car c'est pour cela qu'elle hante le château.

Cela m'a poussée à un acte téméraire.

La robe rouge était la source de mes malheurs. Avant que, encouragée par Finette (après tout, aurais-tu quand même raison ?), je ne la découvre, tout allait à merveille entre Saint-Erre et moi. Cette robe est la trace de celle qui m'a précédée dans son existence ; cette robe, c'est le fantôme de Lucie, qui hante mes nuits. Ce fantôme est venu me visiter dès mon arrivée ; mais la revenante manquait de force, et ne s'est imposée qu'en se matérialisant par la robe. À travers la robe, elle me possède et Saint-Erre aussi ; je vois là quelque chose de diabolique. Appeler un exorciste ferait trop de scandale ; et puis Saint-Erre ne supporterait pas qu'un prêtre vienne au château.

Lucie est à plaindre, mais elle a fait du mal ; et par l'intermédiaire de sa robe, elle continue. À cause d'elle Saint-Erre voit en toute femme un être perfide. Au déjeuner, il évitait de poser les yeux sur moi, comme si j'étais une vision détestable. Rassemblant mon courage, j'ai demandé :

– Quel mépris vous interdit de me regarder ?

– Le principe. Mépriser les femmes est le seul moyen d'avoir le dessus avec elles.

– Pourquoi voulez-vous avoir le dessus ?

– Si on n'a pas le dessus, on a le dessous ; dès qu'on laisse une femme mener, tout est fini.

Je me suis tue. Il va falloir dissimuler davantage. Que cette guerre d'embuscade est fatigante, compliquée et finalement inutile ! La peur que les hommes ont des femmes, voilà ce qui fait qu'ils les persécutent. Et cette peur vient de ce qu'ils savent qu'ils les ont persécutées. Les maîtres craignent toujours les esclaves, et, les craignant, ils les brutalisent, ainsi ne parviennent qu'à s'en faire haïr, et donc les haïssent en retour...

Je ne veux pas haïr mon mari ; et je m'aperçois que l'esclavage est contraire à mon tempérament. Devrais-je faire semblant, pour qu'il se croie fort, et sorte ainsi de cette terreur qui le rend méchant ? Si je le manœuvrais ainsi, je le mépriserais à mon tour...

De notre intuition concernant Lucie, je n'ai rien dit, il ne me croirait pas. Il penserait que je vois sa mort parce que je la souhaite. Je n'ai donc pu lui expliquer pourquoi je devais me débarrasser de l'objet qui fit naître notre querelle et qui la ranime toujours.

Voici comment je m'y suis prise. (Ne crois pas que je commence à ressembler à l'idée que mon époux se fait de moi, que je tisse dans l'ombre une toile d'araignée stratégique...)

Le temps, très beau depuis mon arrivée, s'est assombri. Dans cette région, des vents soudains apparaissent, des orages violents crèvent suivis de pluies épaisses et froides. Puis tout s'en va comme c'est apparu, un arc-en-ciel traverse le ciel lavé.

Ce jour-là en l'espace d'un quart d'heure l'azur est devenu noir. Il a fallu allumer les chandelles en plein midi. Un souffle gémissait sous les portes, gonflant la toile des rideaux. On ranima le feu.

Le château, habituellement aéré, prend dès que le ciel se couvre une autre allure ; soudain l'air y est épais, gris, étouffant. La partie moyenâgeuse semble tout envahir, l'histoire se venge et on se retrouve dans une forteresse. Le bâtiment est à l'image de son propriétaire ; ou peut-être est-ce le contraire ?

Saint-Erre était parti pour une de ses courses mystérieuses. J'étais assise près de la cheminée du boudoir, un livre sur les genoux ; distraite, je regardais le feu. Soudain, j'ai cru voir danser parmi les flammes le rouge même de la robe : un rouge bien particulier, qu'on ne peut oublier. Que moi, en tout cas, je n'oublie pas, car ce rouge colore mes rêves ; ceux de Saint-Erre aussi sans doute. Nous partageons sûrement cela, à défaut du reste. Je ne saurais décrire ce rouge que d'une façon : il est la couleur de la colère, et il la répand autour de lui. La colère est ce qu'il m'inspire, la colère est ce qui anime Saint-Erre.

De voir ce rouge danser, tranchant sur l'orangé des flammes, m'a inspiré une envie irrésistible. Finette se tenait à l'autre bout de la pièce, cousant un jupon.

– Va me chercher la clé, Finette, ai-je dit.

– Quelle clé ? répondit-elle. Ses yeux montraient qu'elle connaissait déjà la réponse.

Les premiers jours Saint-Erre avait la clé sur lui ; et puis il s'en est lassé. Il la garde dans le tiroir de son secrétaire ; je l'y ai découverte.

– Dans le secrétaire, tu le sais bien.

Elle a frémi, confirmant qu'elle était allée fouiller, tout comme moi.

– Ensuite, Madame, reprit Finette en frissonnant, qu'en ferai-je ?

– Tu ouvriras la porte du cabinet, tu y prendras la robe rouge et tu me l'apporteras.

– Madame veut mettre la robe ?

Finette s'éclaira, sa voix devint presque joyeuse.

– Cela te plairait ?

– Ce n'est pas à moi que cela plairait mais à Monsieur. Monsieur serait plus gentil avec Madame, Madame sourirait de nouveau et moi, je serais contente.

– Tu oublies que quand je la porte, il me donne des gifles ; voilà comme je suis récompensée !

– Quand il saura que vous êtes docile, et que c'est bien lui l'homme dans la maison, il arrêtera.

– Drôle de façon de se sentir un homme que de frapper une femme !

– C'est ainsi chez les bêtes ; celui qui a le dessus, il a le dessus. Celui qui veut prendre la place de l'autre, il se fait remettre à la sienne.

Je regardai Finette avec curiosité.

– Sommes-nous donc des animaux ?

– Sûrement pas ; mais, d'autant plus, il faut faire semblant. On est obligée, si on pouvait être soi ça se saurait...

Elle se jeta à mes genoux et s'écria avec désespoir :

– Il faut bien qu'il y ait un ordre, ne comprenez-vous pas, il faut bien qu'il y en ait un !

Je la relevai. Elle baissait les yeux, et tentait de se dominer. Le silence se fit, rythmé par le balancement de l'horloge.

– Va.

– Ce n'est pas bien, de mêler une pauvre fille comme moi à vos histoires !

– Va !

Sans doute comprit-elle que je n'aurais pas la force d'y aller moi-même. Elle sortit et revint avec la robe. Dès que le la vis, tout devint aussi écarlate que l'étoffe. Je me noyais dans un océan de rouge.

Jusqu'à cet instant, je n'avais pas su ce que j'allais faire. J'avais vu la robe dans les flammes, puis il m'avait semblé que je devais agir. J'avais été la marionnette de Saint-Erre. Avec cette robe, il me transformait en Lucie. Je n'étais pas dupe : la force qui m'emplissait n'était pas la mienne. Alors que je croyais exister enfin, j'avais été effacée, m'évanouissant à ses yeux et aux miens. Depuis ce jour je m'étais perdue ; je ne me retrouverais que par un acte qui m'appartiendrait. J'avais disparu derrière la robe, je ne réapparaîtrais qu'en la faisant disparaître.

Se bousculant, s'écrasant, ces pensées me traversèrent à une vitesse folle. J'avais les tempes martelées, la tête prête à éclater. La robe flamboyait et l'air était teinté de sang.

Derrière ce brouillard rouge Finette me présentait la robe. Je me levai, saisis le vêtement et le jetai dans le feu.

Cela se fit si vite ! Un instant Finette tenait la robe, l'instant suivant je la prenais et celui d'après, la robe était dans le feu. Les flammes d'abord domptées redoublèrent, la robe flamba.

Brusquement Saint-Erre fut dans la pièce, sans que je sache comment il était entré. Depuis quelque temps j'avais remarqué cette manière de surgir à l'improviste, de se trouver là où je l'attendais le moins, furtif et capricieux comme un chat. On ne le voyait pas approcher, puis soudain on ne voyait que lui, puis à nouveau il n'y était plus. Tantôt présent et tantôt absent, tantôt homme tantôt fantôme.

Il me jeta un coup d'œil furieux, son corps entier vibrait de rage. Il bondit à la cheminée et plongea la main dans le feu. Épouvantée je lui tendis le tisonnier. Il retira sa main dans un cri, et, saisissant le tisonnier de l'autre, il extirpa la robe du foyer. Des braises roulèrent. La robe gisait devant l'âtre, flambant toujours. Saint-Erre lui asséna des coups de tisonnier. Il me sembla que c'était moi qu'il frappait. Des flammèches tressautaient, l'une d'elles tomba sur le tapis et l'embrasa. Saint-Erre le piétina et l'éteignit. Il recommença à battre la robe. Par des mouvements extrêmement rapides son regard allait de moi à l'étoffe enflammée. Il battait toujours la robe et je retentissais de chaque coup. Le feu s'étouffait, répandant une odeur âcre, mais dans la cheminée les flammes s'élevaient plus haut. Une force les poussait, comme si elles voulaient sortir de leur niche à mesure que celles qui avaient envahi la pièce avec le tissu mouraient.

Saint-Erre délaissa la robe éteinte et reposa le tisonnier. Son regard s'arrêta sur moi. Dans ses yeux dansait une lueur étrange, inquiétante. J'étais en sueur mais j'eus froid soudain. Saint-Erre fixait le bas de ma jupe. Le feu y avait pris.

Hier soir j'ai interrompu cette lettre, car je ne supportais plus de revivre cette scène. Ce n'est pas que maintenant je sois plus calme. Mais bien qu'il me soit pénible d'en parler, c'est pire de me taire.

Depuis hier, il est encore arrivé des choses incroyables. Je ne sais si j'aurai la force de te les raconter jusqu'au bout...

La lueur dans les yeux de Saint-Erre n'était pas le diable, mais le reflet du feu qui prenait à mes jupes. Dès que je m'en aperçus, il sortit de sa fascination et entreprit de battre la dentelle enflammée avec le tisonnier. J'étais terrifiée, d'abord par le feu, ensuite par les coups qu'il portait, dont il me semblait qu'ils me visaient tout entière, et non mon vêtement.

Je lui arrachai le tisonnier des mains et finis d'éteindre l'étoffe. L'instrument tomba à grand bruit. Saint-Erre et moi restâmes face à face, immobiles parmi ce carnage.

– Pourquoi m'empêchiez-vous de vous aider ? reprocha-t-il.

– Je craignais que votre aide ne tourne à l'offensive.

– Croyez-vous que je vous veuille du mal ?

– Je me le demande.

À nouveau il se durcit :

– Si vous ne me faites pas confiance, comment voulez-vous que nous y arrivions ?

La petite flamme diabolique dansa dans ses yeux :

– Vous redoutez les coups, parce que vous pensez les mériter.

Je faillis éclater, mais je pris conscience du spectacle que je devais offrir : échevelée, rouge, le bas de ma jupe noirci et déchiré.

– Au lieu de nous disputer, mieux vaut aller faire un peu de toilette.

Il me saisit par le bras.

– Tu me plais ainsi, tu te laveras après. Je te préfère en souillon qu'en marquise, et ta colère est plus convaincante que ta fausse tranquillité !

Il me poussa vers la chambre. Il me fit tomber sur le lit, releva mes jupes, et jouit bruyamment de mon désastre.

Ma main tremble encore d'avoir écrit ces lignes. Je ne te les enverrai pas. J'aime mieux cela que de faire semblant. Je serais trop malheureuse de te fournir de fausses nouvelles. Dans l'obscurité qui me menace, j'ai plus que jamais besoin de clarté. La vérité sera mon salut, le mensonge serait ma perte.

Autre chose m'est tout aussi nécessaire, c'est cette droiture d'affection que tu ne m'as jamais mesurée, et qui a dissous jusqu'ici tous nos malentendus. C'est pourquoi si je ne t'envoie plus mes lettres, je continuerai à les écrire. Je ne deviens lucide qu'en disant ce que je vois ; ta bienveillance éclairera ma pensée, comme si le meilleur était pour moi dans le souvenir.

Clara

*

* *

Ma chère Clara,

Pas de lettre depuis une semaine. J'ai voulu croire que le bonheur, ce vagabond, était revenu dans ta maison, et que l'allégresse retrouvée t'éloignait de ton encrier. Mais je me suis réveillée cette nuit au milieu d'un rêve terrible. Je te voyais dans le feu ! À ton tour tu peux m'accuser de folie, mais cette géhenne m'obsède, l'angoisse m'étouffe. Vite quelques lignes pour me rassurer !

Agathe

*
* *

Ma chère Agathe,

J'avais raison de penser que ton affection veillerait sur moi malgré mon silence.

Tu as deviné ce que je ne pouvais te révéler. Dans mon abattement, cela m'a procuré une consolation extraordinaire. Pourtant je ne puis lever l'interdiction que je me suis imposée. Tu n'as de mon malheur qu'une idée vague, je préfère te laisser dans ce flou. C'est moins cru et moins cruel, pour toi comme pour moi. Je n'ai plus droit qu'aux mots du silence.

Dans cette correspondance, quand il le faudra, je ferai les demandes et les réponses ; les lettres que je n'enverrai pas seront le journal de mes épreuves. Car je suis entrée dans l'épreuve, et je n'en sortirai pas aisément.

Un jour peut-être tout changera. Alors, soit je n'aurai plus besoin de ces feuillets et j'en brûlerai jusqu'au triste souvenir, soit j'aurai la force d'en sourire, ayant surmonté les peines que j'y ai décrites. Dans ce cas seulement tu les liras.

Clara

*
* *

Ma chère Agathe,

Je peux à nouveau te raconter quelque chose de présentable. C'est bien dur de ne dialoguer qu'avec soi. Ne me demande rien, ne pose pas de questions. Je ne rapporte que ce qui peut se dire, et pour le reste, accueille mon silence.

Le lendemain d'une affreuse journée, je consacrai mes efforts à tenter de me remettre. Finette avait effacé les traces du feu. Une odeur de brûlé imprégnait toujours la maison, et je décidai de prendre l'air.

Le temps souriait à nouveau : je me laissai aller au plaisir de la promenade. Pour la première fois depuis mon arrivée, je voulus pousser au-delà des grilles. Le chemin était agréablement ombragé. Du côté du parc, le terrain vallonné descendait en pente douce. J'aperçus au loin un petit pont, entendis le murmure de l'onde.

Tu sais comme j'aime l'eau sous toutes ses formes : j'approchai. Ce ruisseau ne traverse pas les terres du château ; peut-être communique-t-il souterrainement avec l'étang.

Il y a une magie particulière aux eaux stagnantes ; elles font de la mélancolie une volupté. Mais je n'ai pas besoin qu'on flatte ma tristesse, bien au contraire. Les eaux courantes stimulent la gaieté. Elles ne parlent pas de la mort mais de la vie, n'exaltent pas le souvenir mais le présent, ne font pas regretter ce qui s'est perdu, mais espérer ce qui reste à venir.

Le pont en dos d'âne enjambait le ruisseau chuchotant. Je le franchis, puis marchai le long de la berge. L'envie me vint de m'asseoir sur le bord, pour tremper mes pieds dans la fraîcheur. Ôtant mes bas et mes souliers, j'oubliai que j'étais marquise, et cela me rendit mon bonheur perdu.

J'avais un orteil dans l'eau, quand je m'aperçus qu'un jeune homme avait eu la même idée. Il se tenait assis sous l'arche du pont, pour l'agrément de l'ombre. Il détournait les yeux, mais sa posture disait qu'il m'avait vue. Je ramassai mes souliers et fus pour m'enfuir. Il devait bien me guetter, car il se retourna et dit :

– Ne craignez rien, nous nous connaissons !

M'accoutumant à la pénombre où il se tenait, je distinguai ses traits, et reconnus le peintre qui avait fait mon portrait. Le pauvre garçon semblait épuisé, ses habits étaient blanchis par la poussière du chemin. Avant qu'il ne saute sur ses pieds, je vis un grand trou dans la semelle de sa chaussure.

– Vous semblez fourbu. Je suis la maîtresse de ce château qu'on voit d'ici. Si vous le voulez, vous pourrez vous y reposer.

Je ne sais ce qui me prit de me montrer si effrontée, et de me désigner comme « la maîtresse de ce château » ; car je n'étais maîtresse de rien : pas plus du château, que de Saint-Erre ou de ma destinée.

Le peintre refusa :

– Ma route fut longue, mais me voilà bientôt rendu. Il faut que j'arrive avant le soir : on m'a commandé un portrait, et c'est pressé.

– Encore un mariage qui se prépare ? m'écriai-je en m'efforçant de prendre un ton léger, comme si ma vie était toute gaieté.

– Non, c'est un gentilhomme qui sent sa fin prochaine, et qui veut laisser sa ressemblance à ses enfants.

Et il ajouta un ton plus bas :

– Ce sera moins agréable que de vous peindre !

Il n'y a rien de plus stupide que de rougir, mais j'ai rougi. En même temps j'ai pensé à Saint-Erre, parti pour une de ses éternelles parties de chasse. Je l'ai imaginé surgissant sans crier gare et me voyant pieds nus parlant avec ce garçon. J'ai remis mes souliers et pris congé. Il m'a semblé que le peintre me regardait avec tristesse. Comme je remontais jusqu'à la route il lança :

– Êtes-vous heureuse ?

Je n'eus pas le courage de répondre. Je tournai les talons et pressai le pas. Je l'entendis encore pourtant :

– N'auriez-vous pas du travail pour moi ? Je ne fais pas que des miniatures, je peins aussi des portraits grandeur nature et je décore des murs à fresque...

Sans me retourner je criai que non, je ne voyais pas d'ouvrage à lui confier, et je repartis par où j'étais venue. Les grilles du château me parurent celles d'une prison. En les franchissant je regrettais le peintre qui paraissait si aimable. J'étais à nouveau seule et malgré le soleil je me sentais la proie d'une ombre plus épaisse que celle du pont.

Le peintre n'est rien, pourtant je n'oublie pas qu'il m'a réconfortée quand je me trouvais laide. Une seconde fois il a surgi dans ma vie à un moment difficile et là encore il m'a redonné du courage.

Clara

*

*   *

Ma chère Clara,

Me prends-tu maintenant pour une enfant, que tu doives trier tes nouvelles ? Crois-tu que l'amitié prendra la fuite dans les moments difficiles ?

Je devine combien l'épisode que tu ne rapportes pas dut être pénible, et je comprends que tu veuilles le garder pour toi. Partage-le avec moi quand tu le jugeras bon. Je peux en entendre plus que tu ne l'imagines. N'accorde pas trop d'importance à mes remontrances, elles viennent de mon affection.

J'en profite pour te reprocher encore quelque chose : je sens que tu as honte, pourquoi ? On se vergogne des horreurs qu'on vous fait, comme si on était coupable de la vilenie de l'autre. La victime hérite de la culpabilité du bourreau, dont il se décharge sur elle. Cela permet aux crimes d'être tus commodément, et aux criminels de les perpétrer avec tranquillité.

Ton silence me persuade que Saint-Erre est un monstre. Ces libertins contaminent tout autour d'eux, comme un fruit gâté dans une corbeille. Ce n'est pas pour rien qu'ils s'en prennent aux femmes : la femme est la source de la vie. Habités par la mort, ils voudraient que tout crève. Ces propagandistes de la peste entraînent dans leur course à l'abîme ce qui se trouve sur leur chemin. Il va nous falloir beaucoup de courage : une guerre terrible se prépare, personne ne sera épargné. Tu n'en vis que ta part personnelle, tu es en avance sur d'autres. Je sais que le moment venu j'en pâtirai moi aussi : qui donc sera protégé ?

Tu t'étonneras de me voir d'humeur si sombre. J'ai fait de nouveau un rêve inquiétant. Ce n'est pas toi que je voyais dans le feu cette fois, mais le pays tout entier.

Le pire, dans ce qui se prépare, c'est qu'on n'y comprend rien. Dans cet orage le bien prendra l'apparence du mal, mais l'inverse aussi se vérifiera. Il y aura le meilleur et le pire et on ne saura pas démêler le premier du second. Tous se tromperont, tous seront trompés. On ne sait pas ce qui restera après la foudre.

C'est peut-être une chance pour toi d'éprouver cela très tôt. Avoir les yeux dessillés sera bientôt sans prix. La leçon est d'autant plus précieuse qu'elle est plus dure. Apprends-la bien pendant qu'il est temps.

Ce peintre, j'avais vu qu'il te portait de l'intérêt. Non, il n'est pas rien, c'est un être significatif, il annonce quelque chose de l'avenir. Tu ne m'as pas dit son nom, j'aimerais le savoir. Malheureusement, dans le monde où nous sommes, il est trop tard pour toi et trop tôt pour lui. Il est peut-être le seul qui puisse te sauver de Saint-Erre, pourtant vous ne pourrez rien ensemble car le sort vous a placés trop loin l'un de l'autre.

Tu ne me parles plus de Finette, méfie-toi pourtant toujours de cette fille. Et ne crains plus de tout me raconter : car ta pureté lave tes mots,

Agathe

*

* *

Ma chère Agathe,

Oui, le souvenir du peintre reste avec moi et me rassure. Qu'ai-je partagé avec lui ? Le trou dans la chaussure ! Moi aussi je chemine à ma manière avec des souliers percés, mais personne ne le voit, sauf lui peut-être... Il se nomme Baptiste. Quand il parcourt les routes il souffre et personne ne s'en soucie. Moi je sais et pour moi il sait aussi : je l'ai vu dans son regard. Dorénavant, si loin qu'il soit, un peu de lui m'accompagne. Est-ce vrai pour lui aussi ? Mon ombre est-elle sur son chemin pour l'abriter par ce dur soleil ?

Rien ne coûte de rêver. C'est un plaisir secret : comme pour le petit désastre de la semelle, c'est en dessous.

Tu me diras qu'il faut se garder de la force des rêves. S'ils prennent trop d'importance, ils ne mènent qu'à la déception. Au miracle aussi, mais c'est si rare, les miracles ! Il faut y croire, mais non les attendre...

Saint-Erre est de plus en plus... d'autres diraient méchant ; je préfère fou. Hier soir il est entré dans la chambre bleue pour la première fois depuis le feu. Il avait ce trouble dans le regard, qui signale ses moments d'égarement.

Il m'a dit froidement :

– Je veux vous battre.

En moi quelque chose a basculé. Difficilement je

me suis rétablie. J'ai demandé ce que j'avais fait de mal.

– Rien.

– Il a bien fallu que je vous déplaise !

– Vous me déplaisez, mais pas seulement vous. Le monde entier me dégoûte.

– Je vous ai plu d'abord.

– C'était avant.

– Avant la robe ?

– Oui, avant la robe.

– Vous croyiez pouvoir oublier Lucie ?

– Je ne voulais pas l'oublier ; je voulais que vous fussiez Lucie. Je croyais que vous le pourriez.

– Vous ne m'aviez pas dit que vous attendiez cela de moi : vous m'avez trompée.

– Je me suis trompé moi-même. Je ne savais pas ce que je cherchais.

– Cela ne suffit pas. Il y a une autre raison.

Il a hésité, puis :

– Oui, mon plaisir !

– Votre plaisir veut donc qu'on vous déçoive ?

Il n'a pas répondu. Il avait repris ce visage blanc que j'ai appris à craindre. Nous nous dévisagions en silence. Je voulais m'enfuir, me cacher sous mes draps, pleurer toute la nuit. Mais si je m'écroulais devant lui, ce serait fini.

Je devais continuer à parler. Je le tenais encore par un fil, ténu et fragile. Si ce fil se rompait, c'en serait fait de nous. Il ne restait déjà pas beaucoup de nous. Je commençais à me demander s'il y en avait jamais eu.

J'ai relancé :

– N'avez-vous pas été heureux avec moi ?

– Peut-être.

– Ce peut-être ne pouvait-il durer ?

– Je n'ai jamais été heureux, je ne sais pas l'être.

– Ne voulez-vous pas essayer encore ?

– C'est inutile.

– Pourquoi ?

– C'est trop fatigant. Je ne crois à rien.

– Pas même en vous ?

– En moi moins qu'en autre chose.

Je méditai ce qu'il venait de me dire. J'étais à bout d'arguments. Je ne trouvais ni question ni réponse.

Il me regardait, toujours aussi pâle. Puis :

– Ces discussions sont insupportables. Je vous croyais quasiment muette, je vous trouve bavarde. Je vais vous faire taire. Voilà ce que je propose. Je vais vous battre, ensuite je jouirai de vous.

Je reculai, il avança :

– C'est mon droit, vous êtes ma femme.

Il avait gagné, je ne pouvais plus parler ; c'était comme s'il m'avait enfoncé un chiffon dans la bouche. La colère m'envahit comme une vague noire, pénétrant toutes les fibres de mon corps et m'étouffant encore davantage. À cause du bâillon les mots ne pouvaient sortir. À nouveau tout était rouge ; un instant je crus que le feu avait repris.

Au prix d'un effort énorme j'articulai :

– Vous ne me battrez pas.

Il parlait comme un enfant furieux :

– Si, je vous battrai. Je vous battrai parce que je veux vous battre. Je n'ai rien à justifier et pas d'explication à fournir. Vous êtes ma femme, vous devez vous soumettre à mes désirs.

– Vous êtes mon mari, vous devez m'aimer.

– Vous ne connaissez que ce mot-là, vous me fatiguez ! Vous saviez que je ne saurais pas aimer, je vous avais prévenue. Vous n'en demandiez pas tant, vous étiez prête à tout pour partir de chez votre père.

– Je n'étais pas prête à tout, ou plutôt si : j'étais prête à vous aimer. Vous voulez me pousser à bout, vous n'y arriverez pas. Nous sommes mariés devant le prêtre, le mariage est un sacrement.

– C'est bien le moment de me parler de curés ! Vous ne les prenez pas au sérieux plus que moi !

– Les curés, peut-être, mais Dieu, si !

– Dieu veut qu'une femme obéisse à son mari !

– Oui, quand un mari se conduit comme un mari, c'est-à-dire quand il aime.

– Quand je vous aurai battue, je vous haïrai moins. Je vous aimerai peut-être même un peu, assez pour vous foutre : c'est l'essentiel.

– Est-ce ainsi que vous voulez me faire un enfant ?

– Je ne veux pas d'enfant.

– C'est pourtant pour cela que vous m'avez épousée !

– Je l'ai cru. J'ai changé d'avis. Ces radotages familiaux m'exaspèrent.

– Vous vouliez vous prolonger, honorer vos parents morts !

– À quoi bon, puisqu'ils sont morts ? Vous voyez bien que je suis vil ; pourquoi faire un fils qui me ressemble ?

Encore une fois je savais que je ne devais pas pleurer, mais je pleurai.

– Vous vous haïssez vous-même, avant de me haïr !

Il ricana :

– Sans doute, mais qu'y puis-je ? Comme on est, on aime, ou on n'aime pas. Cependant pour faire un fils, il faut effectuer certaine opération ; et cette opération s'appelle foutre.

– Respectez-moi, à défaut de vous respecter !

– On ne respecte pas ce qu'on fout ; foutre n'est pas respectable.

– Si quand même, suite à l'accomplissement de cette opération dont vous me parlez, je devenais la mère de votre fils, ne me respecteriez-vous pas ?

– J'y serais alors obligé ; mais cela posera moins de problèmes, parce que je vous aurai suffisamment foutue. Je vous respecterai donc, et j'irai en foutre une autre.

Ce disant, rapide et sournois comme un tigre, il m'attrapa. Il me traîna jusqu'au fauteuil, s'y assit me traînant toujours et m'assit sur lui. Je n'avais plus de force et me laissai faire comme si j'étais en chiffon. Il m'ouvrit les jambes, écarta son vêtement, releva mes jupes et me tirant à lui s'enfonça en moi. Je me débattis faiblement. Il dit en effectuant son opération comme il l'appelait :

– Vous avez honte ! Cela me plaît, c'est aussi bien que de vous battre. Je m'en passerai pour cette fois…

Je sentis tout bouger autour de moi ; je tombai contre lui.

Je n'enverrai pas cette lettre.

Clara

*

* *

Ma chère Clara,

Pas de lettre ! Je me ronge, écris !

Agathe

*

* *

Ma chère Agathe,

Enfin une nouvelle que je peux t'envoyer – bien qu'elle ne soit pas si réjouissante pour moi. La tante est vivante !

Elle a failli mourir ; mais elle n'est pas morte. Non seulement elle n'est pas morte, mais elle n'est pas partie pour le Nouveau Monde. À peine sur le bateau, elle est tombée très malade. Elle a dû débarquer à Londres. Son époux a continué seul jusqu'en Amérique où l'attendaient des affaires pressantes. Elle devait l'y rejoindre une fois remise. Elle est restée entre la vie et la mort pendant trois mois. Elle est sauvée. Mais d'avoir vu sa mort en face l'a fait changer d'avis : elle ne veut plus de l'Amérique. Elle a écrit à Saint-Erre, lui annonçant qu'elle prenait un bateau pour Bordeaux, et se rendrait de là à Forsages.

Ces nouvelles produisirent sur Saint-Erre un effet violent. Il marchait le long de l'étang, parlant tout seul et agitant la lettre. Sortant, je l'entendis :

– Je me suis fait une vie sans vous. J'ai bien cru que je ne vous survivrais pas, mais j'ai survécu. J'ai épousé par désespoir cette pauvre créature que je rends malheureuse, parce que vous m'interdisez de vous oublier. Elle est devenue mon souffre-douleur sans l'avoir mérité. Je ne peux faire autrement, je suis toujours l'esclave de moi-même, c'est-à-dire de vous. Et maintenant vous revenez ! C'est trop facile !

Absorbé par sa conversation avec le fantôme, il ne m'avait pas vue. Je me précipitai pour lui arracher la lettre. Je savais de qui elle était, et je voulais voir l'écriture de Lucie, toucher le papier de cette femme que Saint-Erre aimait toujours...

La surprise le déséquilibra. Il lâcha la lettre, qu'un coup de vent envoya dans l'étang. Le papier flottait, ballotté sur l'eau ridée comme un bateau d'enfant. Saint-Erre furieux commença à se déshabiller. Alors il se passa une chose extraordinaire : un pigeon ramier apparut venant du grand orme. C'était un bel oiseau, d'un gris moiré, le cou rose cendré. Il fondit sur l'eau, prit le billet dans son bec et s'enfuit en direction des bois.

Après l'avoir suivi du regard, Saint-Erre impuissant remit sa chemise. Il se tourna vers moi et lut dans mon regard que le passage de l'oiseau m'avait émerveillée. Il me secoua comme pour me jeter à l'eau. Je glissai sur la terre grasse du bord de l'étang, l'entraînant avec moi.

Alors il se passa une autre chose extraordinaire : la miniature de Lucie, que je le soupçonnais d'avoir récupérée dans le ravin, glissa de sa poche et s'enfonça dans l'eau. Il ne s'en aperçut pas, mais cela me rendit de la force et je parvins à me dégager. Trempée et boueuse, je m'enfuis vers la maison.

J'ignore si Saint-Erre comprit le ridicule de la situation, car je me gardai de me retourner. Mais il renonça à me poursuivre.

Finette observait la scène de loin ; elle se dépêcha de me préparer un bain. Alors qu'elle m'essuyait, elle s'étonna de me voir si agitée. Je ne racontai pas la disparition de la miniature. Quant à Saint-Erre, il ne reparut pas de deux jours. Je l'ai revu ce matin au déjeuner, sombre et taciturne.

J'ai cessé d'avoir peur de Lucie. Si elle revient à Forsages, j'y tiendrai ma place.

Que penses-tu de ces présages ? Car ce ne sont ni des rêves ni des pressentiments, mais bien des messages venus d'en haut. C'est d'en haut que venait le ramier, c'est en haut qu'il est retourné, c'est grâce à lui que la miniature a glissé. Il est venu dire à Saint-Erre qu'il ne retrouverait pas Lucie, qu'il n'en avait pas le droit ! C'est trop facile, en effet !

Dieu ne s'est pas retiré d'un monde qui lui déplaît ; il boude seulement derrière les nuages.

Clara

*
*   *

Ma chère Agathe,

Tu te tais, tu te tais… Une drôle d'idée me passe par la tête. Est-ce par affection pour moi que tu t'intéresses à mon sort ou parce que rien ne t'arrive, sauf d'attendre cet enfant si long à venir ? Peut-être que mes malheurs te distraient et te rassurent parce que le vide de ta vie te semble alors préférable à l'horreur de la mienne !

Je doute de ton amitié, je doute de tout. Autrefois tout me paraissait limpide ; maintenant il me semble que la noirceur rôde sous les apparences les plus souriantes. Peut-être suis-je vraiment en train de perdre la raison. Par moments j'y vois plus clair, je suis sûre de moi, mais cela ne dure pas. Un détail suffit à me déséquilibrer, et le trouble à nouveau m'envahit. Ce qui me reste de précieux, je le mets en pièces avec mon soupçon.

Je croyais me trouver, en fait je ne sais plus qui je suis. Saint-Erre devrait me faire horreur, et c'est le contraire. Mon corps le refuse au prix de se rendre insensible, par peur qu'il ne m'entraîne encore plus loin. Il le sait, s'en exaspère et s'en amuse comme un enfant qui arrache les ailes des mouches. Après chacune de ses fuites, il revient vers moi. Son sourire dit : « Je ne fais que ce que je veux et j'ai raison. »

Je n'ai pas honte de lui, j'ai honte de moi. Cette lettre encore je ne l'enverrai pas.

Clara

*
* *

Ma chère Agathe,
Ne pas t'envoyer ma dernière lettre m'a demandé du courage, tellement j'avais besoin d'un mot de toi en retour. Ce n'est plus par honte maintenant que je les garde pour moi. La honte, Saint-Erre m'en fait boire une tasse tous les matins au petit déjeuner, et crois-moi on s'y fait. Mais je crains que tu ne te lasses de cette boue où je patauge. Je crains aussi que mon silence ne te soit un prétexte pour m'oublier. Alors je me retrouverais vraiment seule, seule comme jamais, malgré ou à cause d'un mari. Et Forsages serait mon tombeau.

Avant même de mal se conduire, Saint-Erre m'a affaiblie. Il m'a affaiblie parce qu'il se conduisait bien, qu'en cela il m'a trompée. Je n'avais jamais cru en personne, j'ai cru en lui. J'ai mordu à son hameçon, on peut même dire que j'ai foncé dessus. S'il arbore ces sourires cyniques, c'est qu'il connaît mon besoin. Je ne pourrai revenir à la paix d'avant, parce que j'ai vraiment cru à l'amour. Tu as raison, c'est ce qui m'a perdue. C'est comme si un tremblement de terre avait coupé le monde en deux. Chaque continent dérive, la mer s'engouffre dans la faille, les séparant chaque jour un peu plus. Du monde d'avant, tu agites la main en des signes de plus en plus flous. Je vis dans cette autre contrée où tout semble à l'envers, où les ombres s'étendent et où d'effrayantes créatures rôdent dans les profondeurs.

Quelque chose me répète encore que ce pays où Saint-Erre m'a emmenée est pourtant celui de la vérité. C'est pourquoi je reste. Je pourrais fuir, demander à ma mère qu'elle envoie une voiture, supplier Saint-Erre de me laisser aller. Je ne suis pas sûre qu'il tenterait de me retenir. Lucie annonce son retour, et ce mariage lui apporte plus de tracas qu'il ne l'avait escompté. Sans doute aussi l'ai-je déçu, peut-être est-ce la raison de sa cruauté. Si je partais, je contenterais le fantôme de la chambre de feu, et tout cet univers serait rendu à lui-même. Moi aussi je serais rendue à moi-même, sauf que ce moi-même n'est plus moi.

Il serait encore temps de rejoindre le parti des convenances et des sourires contraints. Où ce qui doit être en haut est en haut, où ce qui doit être en bas est en bas. Mais Saint-Erre m'a changée. Pour le bien ou pour le mal, je ne le sais pas encore. Il m'a bouleversée et le monde en est bouleversé.

Si je partais, ma mère m'accueillerait par un regard las :

– Tu as voulu croire que le bonheur existe. Ta présomption était d'échapper à la loi du malheur des femmes. Tu reviens soigner tes blessures, mais regarde-moi : ces blessures-là ne guérissent jamais. Tout cela n'a été qu'une erreur logique. Reviens, nous serons malheureuses ensemble, comme il se doit. Chacune pourra tendre à l'autre le miroir de sa défaite.

Une autre mort me guetterait là-bas, qu'elle appelle la vie. Je mourrai plutôt ici s'il le faut.

Je pourrais aussi me réfugier chez toi ; tu m'accorderais sans doute asile. Mais je ne pourrais plus demeurer à ton côté. Près de ma mère je me sentirais vieille ; avec toi j'aurais l'impression de redevenir une petite fille. On se rapproche aussi de la mort, quand on croit lui échapper en revenant en arrière. Je ne peux qu'affronter mon présent, quel qu'il soit. C'est là que je suis.

Pense à moi de temps en temps, que je sois pour toi comme un souvenir qu'on range dans une boîte, témoin désuet d'un passé englouti.

Clara

*

* *

Ma chère Agathe,

Quel cadeau merveilleux tu m'as fait ! Et j'osais douter de ton amitié ! Dans ma vanité (étoffe sous laquelle je voile mon malheur), je m'imaginais supérieure. Je te croyais engluée dans la routine des jours, fermant les yeux sur ce qui pourrait déranger les étroites certitudes que je te prêtais.

Et tu es venue ! Me sentant en danger, n'écoutant que ton cœur, tu n'as pas hésité à t'infliger ces journées de voyage, dans la chaleur et la poussière des routes, et dans ton état !

Tu m'as grandement réconfortée, bien que tu n'aies pu accomplir de miracle. Comme tu me l'as chuchoté en repartant, craignant d'être entendue de Saint-Erre, qui te souriait hypocritement depuis le perron...

Tu n'as pas été dupe, et pourtant il a été parfait, mon mari. Je ne croyais pas qu'un être aussi double pût se trouver sur terre. Il passe de l'ange au démon avec une facilité stupéfiante.

La clé de ces transformations, je l'ai saisi après m'être longuement torturé l'esprit, est une compulsion absolue à séduire. Quand on a compris cela, on a tout compris de cet homme.

Cette obligation impitoyable le talonne à chaque instant. Bourreau il en est victime, et bien qu'il me sacrifie, je le plains.

Lorsqu'il n'est pas assuré de plaire, il disparaît à ses propres yeux. Car il n'a pas de regard sur lui-même, il ne se voit que dans celui d'autrui. Il faut qu'il brille, qu'il fascine, qu'on l'écoute, qu'il soit le centre. Tout doit pâlir à côté. Il ne se sent vivre qu'à ce prix ; il est prêt à tout pour y parvenir ; prêt à tout aussi pour anéantir l'être qui ne se laisserait pas aveugler par sa lumière.

Il n'a alors aucun scrupule à se venger. La cruauté lui paraît légitime, puisque dès qu'on le considère avec lucidité, à ses yeux on l'assassine. La rétorsion lui semble naturelle.

Ce n'est pas moi qui suis folle, c'est lui. Ou ma folie n'est que le reflet de la sienne. Malgré toute sa comédie, tu l'as senti.

Et tu l'as senti parce que tu m'aimes. L'amour ne se laisse pas abuser. Il traverse les apparences. Le sentiment affine les perceptions, aiguise l'intelligence.

J'ai vainement tenté d'expliquer cela à Saint-Erre. Je lui ai dit :

– Je vous aime les yeux ouverts, soyez-en heureux. Je ne vous aime pas pour cette fantasmagorie que vous donnez en spectacle. Vous ne voulez pas qu'on vous voie tel que vous êtes, parce que vous ne vous aimez pas. Mais moi, je vous vois tel que vous êtes et je vous aime ainsi. C'est cela qui me lie à vous, c'est pour cela que je vous subis, c'est ainsi que je souffre par vous.

Il m'a pincé le bras, et il a grincé entre ses dents :

– Votre lucidité peut aller au diable ! Vous croyez me connaître, vous vous trompez, cette prétention m'insulte !

Il a ajouté, serrant les mâchoires, un éclat métallique dans les yeux :

– Comment osez-vous choisir la façon de m'aimer ? Vous n'avez pas votre mot à dire. C'est moi qui décide.

Il croit qu'il commande mes sentiments ! J'ai épousé un malade. Je me le dis un peu plus chaque jour, mais qu'y faire ? Quelque chose me retient encore ici. Je suis liée à lui : sacrement, le mot n'est pas vain. Dire que je l'aime ne suffit pas, il s'agit de bien autre chose. Je ne saurais dire quoi, pourtant c'est là, c'est ainsi. C'est lui, et c'est moi.

En preuve de la vérité, je n'ai même pas pu te montrer la robe brûlée puisqu'il l'a confisquée :

– Tout ce que vous n'avez pu détruire de mon bonheur passé, dit-il d'un air de défi.

Il la garde dans le cabinet, et surveille la clé. Je n'ai plus envie de forcer la serrure.

En partant tu as encore murmuré :

– Tu es devenue forte, il ne te vaincra pas.

J'accepterais d'être vaincue, si c'était pour le bonheur. Alors ce ne serait pas une défaite, ce serait une victoire en tablier. Mais lui donner ce qu'il réclame nous détruirait tous les deux. Je ne peux m'abaisser comme on dit qu'une femme doit le faire : je tiens trop à moi, et à lui.

Ce qui s'est passé après ton départ, je suis incapable de le raconter pour l'instant. Mais je tiens bon.

Clara

*

* *

Ma chère Agathe,

Depuis ton retour je suis sans nouvelles. Je suppose que la fatigue du trajet, plus la satisfaction de retrouver ton mari, et cet univers charmant que tu construis de jour en jour, t'ont absorbée. Après ces brèves retrouvailles, nos conversations me manquent encore plus. Et je confesse être un peu jalouse de la facilité de ton existence. C'est comme si tu cheminais en plaine et au gai soleil, pendant que je grimpe des pentes escarpées, côtoyant des précipices dans la brume.

Je pourrais me dire qu'en terrain plat on s'ennuie, que la perspective est éternellement pareille. Mais je sais bien que ce n'est pas vrai : il y a toujours un arbre, un ruisseau, un voyageur que l'on croise. Cela suffit à vous sortir de la monotonie, sans vous priver du contentement de la sécurité.

Je ne saurais te dire combien ta visite impromptue m'a fait du bien. L'effet fortifiant persiste encore. Toutefois Saint-Erre est furieux de s'être montré si aimable en ta présence. Il considère comme une faiblesse de s'être bien conduit. Il a entrepris de me le faire payer, sitôt ta voiture disparue derrière les arbres qui dissimulent le château à la vue.

Avant de te raconter le pire – et pour en différer le pénible récit – je te remercie encore de ne pas avoir été abusée par son théâtre. J'ai été rassurée quand tu m'as glissé, montant en voiture, et effleurant ma joue d'un doigt :

– Le masque est charmant, mais ce n'est qu'un masque, et je ne connais rien de si beau qu'un visage à nu.

Cette innocente caresse n'a pas échappé à mon mari et a déclenché l'orage. Ne t'en fais pas le reproche : il aurait éclaté de toute façon. Mais Saint-Erre avait besoin d'un prétexte pour y accrocher sa rage. Il m'a demandé quel lien inavouable nous unissait !

– Je vois bien que vous n'aimez pas les hommes !

– J'en aime un. Le pluriel est de trop.

Il ricana :

– Vous osez me parler d'amour, quand vous me refusez ce que je veux, que vous me regardez comme si j'étais le diable ?

– Vous n'êtes pas le diable, mais le diable est en vous. Vous appelez défaut d'amour mon refus de participer à vos diableries. C'est là pourtant qu'est le véritable amour, et non dans cette soumission abjecte que vous réclamez.

De t'avoir vue, j'avais repris confiance en moi. Je parlais plus fermement, ma voix ne tremblait pas. Il ne l'a pas supporté ; il m'a prise par le col de ma robe et traînée sous le grand arbre près de l'étang, tout en grinçant :

– Je vais vous faire oublier ces chatteries prétendument amicales !

– Vous ne ferez pas cela ici, on nous verrait !

Il déchirait pourtant mon corsage avec une joie mauvaise, et je ne me défendais pas. Non qu'il ait dans ces moments plus de force qu'à l'accoutumée. Mais c'est un homme, et on m'a dressée à obéir. Sa méchanceté me paralyse. J'aperçus Finette à la fenêtre, puis le monde devint blanc et je m'évanouis.

Je revins à moi Saint-Erre me giflant. J'éclatai de rire et il suspendit son geste.

– Cela vous amuse, maintenant, de vous faire battre ? Vous devenez vicieuse, je l'avais prévu. Souhaitez-vous que je continue ?

Je riais toujours. Je n'avais plus peur de rien et surtout pas de lui. C'était dangereux car ma peur le rassure. Je risquais de le pousser à bout, mais c'était plus fort que moi.

– Pourquoi riez-vous, vous allez me le dire ! répétait-il menaçant.

Je parvins à me calmer :

– Je trouve drôle que vous me reprochiez de vous résister, quand vous obtenez toujours ce que vous voulez. Vous êtes habile, vous saisissez au vol le moment. Quand je ne prends pas feu je perds connaissance. Et vous, vous arrivez à vos fins : vous frappez toujours.

Il approcha son visage très près du mien :

– Je ne veux pas avoir à saisir d'occasions. Je veux vous battre pour le plaisir, voilà tout.

Là-dessus il est parti je ne sais où, comme d'habitude. J'ai arrangé mon corsage comme j'ai pu et je suis rentrée dans le château. J'étais persuadée qu'on m'avait vue, et qu'on m'observait encore. Pas seulement Finette, dont le visage avait disparu ; il y avait des yeux quelque part, des yeux qui se cachaient. Peut-être ceux de Florent, le valet ; je n'ai aucune confiance en lui.

Je soupçonne Saint-Erre d'avoir réglé cette mise en scène champêtre. Je le croyais impulsif, mais je ne suis même plus certaine de ses colères. Je me demande si une stratégie maléfique ne commande pas tout. Est-ce là ce qu'il avait dans la tête quand, après la partie de cartes fatidique, il fit sa proposition ? Après avoir battu le père il bat la fille : c'est logique !

Clara

*

* *

Ma chère Clara,

Je ne t'ai pas donné de nouvelles parce que j'étais bien mal. J'ai eu tort de venir te voir. On ne doit pas toujours écouter son cœur. Je m'inquiétais de ton sort, mais ce n'était qu'une excuse : la vérité c'est que tu me manquais trop. J'avais besoin de me justifier aux yeux de Frédéric, qui comme Saint-Erre n'admet pas la force du lien qui nous unit. Les hommes croient que nous leur devons tout, et qu'eux seuls comptent à nos yeux. J'ai profité de l'absence de mon mari pour venir. Il ne m'aurait pas laissée partir et il aurait eu raison. Entreprendre un tel voyage dans ma condition était une folie ! Pendant le trajet du retour, mon corps a saigné. J'étais affolée, la route m'a paru interminable. J'ai cru mourir. Dès mon arrivée je me suis couchée, j'ai fait appeler le médecin qui n'est venu que le lendemain. J'ai eu beaucoup de chance de ne pas perdre l'enfant. Le pire est évité mais je suis confinée à mon lit. Tu ne peux imaginer à quel point cette immobilité me pèse. J'attends, j'attends, les heures durent des jours... Mais tout cela est ma faute...

Frédéric était parti acheter des arbres pour un nouveau verger. En comprenant ce qui s'était passé, il est entré dans une grande colère. Pour la première fois de ma vie j'ai eu peur de lui. Il hurlait :

– Être une mère, c'est faire passer l'enfant avant vous-même, ses besoins avant les vôtres ! Dois-je vous l'apprendre ? Comment avez-vous osé mettre ma descendance en danger pour quelqu'un qui ne vous est rien ?

J'étais trop accablée pour protester. J'ai eu des malaises au début de ma grossesse, mais cela s'était calmé. Quand je suis partie je me sentais pleine de santé. Jamais je n'avais eu l'impression d'être aussi robuste. Comme je me trompais !

Cette escapade a eu un autre mauvais résultat. Je suis obsédée par le soupçon de n'être pour mon mari que le réceptacle de ses héritiers futurs. Vois-tu comme tes idées m'influencent ? Moi aussi maintenant je voudrais être aimée, vraiment aimée. Je suis devenue à mon tour assez folle pour soupirer après une passion que je dédaignais au départ !

Comment le spectacle de ton malheur, qui aurait dû me guérir de pareilles chimères, a-t-il pu me les enfoncer dans la tête ? Tu as raison de protester lorsque je te fais la morale : je ne suis pas plus raisonnable que toi. Pourquoi faut-il que nous soyons des femmes ? Les hommes ont toujours raison aux yeux du monde : en conséquence ils se posent moins de questions.

Je dois quand même t'avouer que malgré ses airs angéliques, je crois Saint-Erre abominable. Tu lui trouves trop d'excuses, ton indulgence est coupable. Contrairement à ce que je te disais, tu dois tout craindre et tout soupçonner. Devant un tel homme il faudrait un cœur de pierre et une âme de fer. Alors il tremblerait, il te baiserait les pieds. Mais tu es douceur et compassion. Femmes, nous leur pardonnons tout, comme nous avons tort ! Nous les rendons encore pires. Ils sont mauvais si on ne les aime pas assez, mauvais si on les aime trop. La solution doit se trouver dans le juste milieu. Mais c'est si difficile pour les sentiments, le juste milieu ! Quoi qu'on fasse ils nous réduisent et nous abaissent, même les meilleurs d'entre eux ! Il faudrait raisonner à leur manière, travesties sous des boucles. Mais nous ne voulons pas leur ressembler. Ils sont raides et secs, et nous tenons à nos fluidités.

Agathe

*

* *

Ma chère Agathe,

Quand je pense que mon malheur a failli causer le tien ! Comme je frémis pour toi, comme je m'en veux ! Que puis-je te dire, sinon que je prie pour toi et ton enfant, à chaque heure de la journée ! Cet enfant à venir, je l'aime comme s'il était déjà là, je l'aime parce qu'il est toi.

Quand tu me veux un cœur de pierre, tu ne parles pas sérieusement. Une femme ne cherche à dominer que lorsqu'elle a cessé d'espérer… L'homme a la force pour lui, c'est ce qui le constitue. C'est à la fois vrai et faux : nous n'en sommes pas dupes, ils le savent et nous en veulent. Grands défilés, raclement de sabres et brandissement de pistolets ne sont qu'une mascarade sinistre. On dit qu'ils possèdent par ailleurs l'intelligence, mais je leur vois une certaine indigence de pensée. Ils ne connaissent que deux positions au monde, dessus ou dessous. Il est plus avantageux d'être dessus, la vue est plus large et l'air meilleur : donc ils nous piétinent.

Si je suis en colère, j'ai mes raisons. Les caprices de Saint-Erre ne cessent de croître. Chaque fois que je pense avoir touché le fond, il invente pire. Je suis d'un tempérament égal, et la fureur m'était étrangère. Cet homme a le don de faire sortir de moi ce que j'ignorais contenir. Comme si je recelais un lac de noirceur où il va puiser… La noirceur, cela seul l'excite. Sous le parfum et les dentelles, les jolies manières et les mots élégants, c'est un sauvage. Son dernier amusement, c'est de me rendre jalouse avec la tante :

– Quand Lucie sera là... répète-t-il d'un air goguenard, sans finir sa phrase. Et il danse un petit menuet, tout en répétant :

– Quand Lucie sera là, quand Lucie sera là !

C'est grotesque. Je ravale mon indignation.

Il a osé m'accuser de la disparition de la miniature. Il est vrai que je sais où elle se trouve, et que je n'en dis rien. Il serait capable de faire drainer l'étang en l'honneur de la tante ! Je lui en veux de se servir d'elle pour me faire enrager. J'en suis réduite à cette petite vengeance pour me soulager les nerfs, et je n'en suis pas fière...

Mais le monstre utilise tout, même ce qui le chagrine, pour me persécuter et en jouir ignoblement. Prétendant que je cachais sur moi le portrait, il m'a poursuivie à travers le château, en m'ôtant vêtement après vêtement sous prétexte de le chercher, jusqu'à ce qu'il m'ait entièrement déshabillée. Ensuite il m'a foutue, comme il dit, dans un réduit, se vantant que la poussière donnait de l'originalité à la chose.

– Puisque vous y mettez aussi peu du vôtre, je dois chercher des substituts à votre ardeur. Je suis très inventif, j'en trouve toujours !

Puis il m'a suivie en se moquant, pendant que je ramassais mes bas, mon caraco, mes jupons, réparant ma nudité à mesure.

Et voilà à qui j'ai lié ma vie...

Clara

*

* *

Ma chère Clara,

Frédéric ne décolère pas. Il te tient pour responsable de mon état, et je dois t'écrire en cachette. Tes lettres, je les subtilise à leur arrivée, par l'intermédiaire de ma femme de chambre. Je n'aime pas dépendre d'une domestique, mais je n'ai rien trouvé d'autre. Depuis que je suis clouée au lit, cette brave fille m'a prise en pitié. Je ne la laisserai pas exercer sur moi l'ascendant que tu permets à Finette ; mais mon amitié pour toi m'amène à renier mes principes les plus fermes. Nous croyions nous éloigner l'une de l'autre, et malgré la distance nous nous rapprochons...

Je suis encore faible, et le danger n'est pas écarté. Frédéric a tort de t'accuser. Ce n'est pas à cause de toi que l'accident a failli se produire : Saint-Erre en est responsable. Mais je ne peux rapporter à mon mari ce que je sais de tes rapports conjugaux : il ne me croirait pas, ou il refuserait d'entendre. Les hommes se soutiennent jusque dans les turpitudes, et savent faire front commun contre nous.

Les dernières frasques que tu me rapportes prouvent que Saint-Erre est faussement repenti. Lorsque le goût du vice est acquis, il est presque impossible à perdre. Ce goût ne vient pas à n'importe qui. C'est un tempérament : autant lutter contre la pluie qui tombe du ciel. Tous ceux de ce bord-là portent l'empreinte du démon, la signature d'un pacte qui ne se résilie jamais.

Certes, Saint-Erre a quitté Paris et sa vie dissolue pour t'épouser. La tante a bon dos : je suis tentée de croire qu'il en avait épuisé les plaisirs. Blasé déjà, si jeune revenu de tout : c'est sa punition. Ces barbares se croient raffinés. Si on les laisse faire tout sombrera. Or personne ne s'y oppose sérieusement. Notre parti est vieux et amolli. Déjà il y a des émeutes ici et là ; des complots se fomentent dans l'ombre. Le monde est sur le point de basculer, parce que des êtres comme ton mari l'auront déséquilibré pour leur plaisir misérable. Ils ne riront pas très longtemps : quand le bouleversement aura lieu ils passeront du dessus au fond. Ils perdront leurs grands airs, leur désinvolture ; ils seront piétinés et nous avec. Comme des rats dans un fromage, sous prétexte de se gaver tranquillement et de respirer à l'aise, ils agrandissent les trous. Et nous, que feronsnous quand le grand vent soufflera ?

Agathe

*
*   *

Ma chère Agathe,

Le grand vent ne sera peut-être pas aussi dévastateur que tu le prévois ; une tempête peut laver un ciel obscurci. Qui sommes-nous pour prédire le résultat ? Enfermées au fond de notre campagne, du tonnerre ne nous parvient qu'un roulement lointain. Nous ne savons rien. Et nous ne faisons rien pour nous défendre, nous n'avons de courage que pour les petits tracas quotidiens ; or cette époque réclame des tempéraments héroïques...

Je n'ai pu m'empêcher de fouiller à nouveau le secrétaire de Saint-Erre. Cela me prend lorsqu'il disparaît. Loin d'être soulagée de lui échapper, il me manque. Je cherche des indices qui me parlent de lui. Je ne désespère pas de découvrir un jour le ressort diabolique qui l'anime et dont je le crois prisonnier. Peut-être souffre-t-il de lui-même autant qu'il m'en fait souffrir...

Lors de cette quête un peu honteuse j'ai découvert sur des papiers des signes étranges : dans un triangle un œil me regardait, entouré de rayons qui formaient comme un soleil. Cela n'a pas surpris Finette qui les avait vus aussi ; elle dit que c'est une sorte de fraternité secrète, qui prépare le monde nouveau. D'où tient-elle cela, je me le demande ; je commence à trouver comme toi qu'elle en sait un peu trop.

S'il se passe ce que tu prévois et que Saint-Erre s'écroule, je m'écroulerai avec lui, puisque je suis sa femme pour le meilleur et pour le pire... Il est si plein de haine qu'il tombera volontiers, pourvu que tout s'effondre avec lui. Que la noirceur s'étende, telle est sa jouissance, tel est son but. Comment un tel être peut-il être si avenant, si doux d'aspect ? Comment concilier ce comportement idyllique des premiers jours avec ce qu'il a montré ensuite ? Ai-je pu m'abuser au point de ne rien discerner de ce qu'il est vraiment ? Et comment puis-je être sûre qu'il est davantage lui-même maintenant qu'alors ?

Pourtant au départ je ne l'aimais pas : je voulais l'aimer, je me persuadais que je l'aimais ; je ne faisais que poursuivre un songe. La façon dont le mariage s'était décidé me semblait si humiliante que seul un bonheur parfait pourrait laver cet affront. J'observais le moindre détail, le plus infime changement d'expression, je pesais chacun de ses mots : pour déjouer les pièges du sort, je devais savoir à qui j'avais affaire. Et je n'ai rien vu, absolument rien !

Puis je l'ai aimé parce qu'il était bon. Enfin, je le croyais. Non, je ne le croyais pas seulement, je le sentais ! Jamais je n'avais connu personne d'aussi prévenant, d'aussi tendre. Sa légèreté se teintait de gravité, le mélange me paraissait ravissant...

Si je l'ai aimé parce qu'il était bon, j'aurais dû cesser de l'aimer dès lors qu'il devenait mauvais. Il me fait horreur, pourtant je l'aime encore. On a raison de parler des liens du mariage : ces nœuds sont si étroits que je ne peux les défaire. Et je ne parviens pas à le déplorer. S'il me devenait indifférent tout s'arrangerait ; mais son empreinte est sur moi...

On dit que les filles épousent des hommes qui ressemblent à leur père. Mais quand le père a désespéré la mère, cela doit-il se reproduire à la génération suivante ? Sommes-nous des galériens enchaînés à notre histoire ? Aurais-je dû rester là-bas dans ce marasme dont je me satisfaisais tant que je ne pouvais rien espérer d'autre ? Ici malgré l'horreur je respire mieux...

Je ne puis supporter que tu imputes à Saint-Erre la catastrophe qui a failli t'arriver. Il ne commande pas ainsi à la mort. Il est vrai que je n'ai pas encore conçu. J'avoue que j'en suis soulagée. Je sais que la paternité le rendrait pire. Ne suis-je pour lui qu'une réplique de la tante, au point de demeurer stérile ? Cette pensée-là m'ouvre des abîmes...

Cache bien mes lettres, car Frédéric n'y comprendrait rien. C'est un homme tranquille, garde-le ainsi. Et rassure-moi, dis-moi que pour toi tout va mieux !

Clara

*

*   *

Ma chère Clara,

Mon affection pour toi, tellement innocente, me paraît maintenant coupable. Je te cache à Frédéric comme je dissimulerais un amant. Une fois de plus Saint-Erre est cause de cela : il pervertit tout ce qu'il touche. Avec lui rien n'est simple, la chose la plus naturelle s'emberlificote. N'est-ce pas la marque du diable que de tout compliquer ? Je pense beaucoup à ton affaire. Dans mon repos forcé, penser est la seule distraction qu'il me reste. Il me semble que le cours de ta vie va se décider très vite, dans les mois ou même les semaines à venir. Selon la manière dont tu useras de tes cartes, tu rattraperas ou non les parties qu'on a jouées pour toi sans te demander ton avis. Et ce n'est pas Lucie qui a le jeu en main, c'est toi. Alors je regarde par-dessus ton épaule, prête à t'aider à feinter un peu si nécessaire : on a tant triché pour toi que tu en as bien le droit. Comme Saint-Erre est hypocrite, il t'entraîne à cette extrémité. Tu devras ruser pour demeurer dans cette vérité où tu dis qu'il t'a mise, mais dont il rêve de te priver...

Le pire, c'est que je crains que tu ne l'aimes que parce qu'il est mauvais. La générosité est dans ta nature, tu aimes réparer. Ton mari envie ta capacité de partage. Il voudrait se persuader que le monde entier est comme lui, pour se dispenser de se voir aussi bas. Il calcule tout. Quoiqu'il se trouve malin de se conduire ainsi, il sait que ta façon d'être est supérieure à la sienne. Faible et desséché, il est comme une plante sauvée de la canicule par une ondée bienfaisante. Tu es cette pluie et il te reproche de tomber, parce que cette eau pourrait s'arrêter et qu'il ne commande pas aux précipitations. Il est contre nature de reprocher à la pluie de tomber, car elle ne sait rien faire d'autre ; il est scandaleux qu'il te le reproche, car c'est pour cela qu'il t'a prise.

Cesse de croire qu'il t'a épousée par désespoir. Il l'a fait par rage mais en pesant tout. Pendant que tu tentais de le connaître afin de mieux l'aimer, de son côté il évaluait tes moindres gestes et ruminait chacune de tes paroles, afin de voir ce qu'il pourrait tirer de toi. S'il n'avait pas compris qu'il faisait en t'épousant une excellente affaire, il serait reparti aussi vite qu'il était venu. Le plaisir pris à dédaigner sa proie aurait suffi à le dédommager du voyage. Mais il a trouvé en toi un trésor...

Les libertins se prétendent pour le progrès et l'égalité des hommes ; mais ils s'en moquent bien, de l'humanité. La seule chose qui leur importe c'est eux-mêmes. Il parlent d'égalité parce qu'ils ne peuvent supporter qu'on les dépasse. Et le progrès, c'est celui de leur jouissance qui ne doit connaître aucun frein. Il doit être bien pauvre en vérité, ce plaisir qu'ils célèbrent, pour qu'ils n'en aient jamais assez. Ils sont pour les lois de la nature, c'est-à-dire du plus fort. Nous en ferons toujours les frais, car la nature est l'ennemie des femmes...

Et ils sont pires que des animaux. Une bête ne torture pas sa femelle « parce que cela lui plaît ». Saint-Erre te martyrise mentalement, et même cela ne lui suffit pas. Et tu le défends ! Cette revendication d'exploration de la jouissance n'est qu'une comédie. Derrière cette scène-là s'en joue une autre, celle des coups qu'il t'inflige jour après jour, en te faisant camper sur le qui-vive. Il t'use et s'en porte bien car il est sur son terrain : tourmenter le distrait. Tuer des lièvres et des renards est trop simple. Il prospère dans ce qui est malsain : comme tu es saine et vivante, cela te fatigue. Il veut te contaminer, te rendre aussi malade que lui. Il n'ignore pas qui il est, ne supporte pas que d'autres échappent à la malédiction qui pèse sur lui. Il est comme une maison mangée de moisissures. Au premier coup d'œil ça ne se voit pas. S'il soigne autant l'extérieur, c'est que c'est pourri dedans. Quand tu seras semblable à lui, alors seulement il te laissera en paix. Ne pouvant plus trouver chez toi cette vie dont il manque, il te tolérera car tu ne l'intéresseras plus. Il s'amusera un peu avec toi puis il t'abandonnera. Il repartira pour Paris, y retrouvera ses habitudes. La tante revenue, il aura un souffre-douleur de rechange. Et toi, comme ta mère, tu remâcheras ta défaite. Ne te laisse pas persuader qu'il s'acharne parce qu'il y aurait en toi quelque chose de haïssable, et qui justifierait sa persécution ! Le jour où tu le croirais, il aurait gagné.

Ce goût du bonheur qui lui manque, il devrait se réjouir de le trouver chez toi. Tu es bien la femme qu'il lui faut, son complément. Or cet être ne peut tolérer qu'il lui manque quelque chose. Il se voudrait à la fois mâle et femelle, et pense avoir droit à tout. Ta place de femme, il ne peut supporter de te la laisser. C'est un ogre en dentelles, un nourrisson éternel. Son raffinement masque une voracité dont il a honte et dont il se félicite secrètement.

Ce qui le rend si acharné à te poursuivre, ce n'est même pas toi, bien que tu fasses l'affaire : c'est que la tante lui a échappé. Il a dû la faire souffrir affreusement, et elle aura tardé à admettre qu'elle avait réchauffé un serpent dans son sein. C'est pour déserter cette vérité qu'elle a voulu partir au bout du monde. Sa fuite brutale s'explique ainsi. Elle a compris ce qu'il faisait d'elle et elle s'est sauvée à temps. Et il a pris ta peau en échange de la sienne.

Tu l'as compris, il ne faut pas avoir d'enfant de ce monstre ; si tu portais la vie, cela le rendrait encore plus envieux, donc plus méchant. Chaque fois que lui donneras ce qu'il veut, il te haïra. Car ce que tu lui donnes, c'est ce que tu as et dont il est démuni.

Tout chez lui est à l'envers, ce qui fait sa force car cela embrouille l'adversaire. Et l'autre est toujours un adversaire pour lui. Sa loi de la nature est en fait contre nature. Comme je voudrais pouvoir être près de toi pour tout retourner, que le mal devienne le bien !

Agathe

*
* *

Ma chère Agathe,

Quand tout se retourne et que le mal devient le bien, le bien peut aussi devenir le mal... À ton tour tu tombes dans ce travers du renversement qui est le signe de la Bête. On ne sait plus qui est qui ni qui fait quoi, on marche en plein jour dans les ténèbres.

Vois comme je suis égoïste : dans le besoin d'affection et de soutien où je me trouve et qui ne fait que croître, je suis tentée de me réjouir de ce danger qui t'oblige à garder la chambre et à penser à moi…

Une autre idée folle m'a traversé la tête. C'est bien Saint-Erre qui a provoqué chez toi le risque de perte, mais pas comme tu le crois. Cet enfant qui a failli mourir avant terme, c'était moi. Je suis ton enfant, je crois en toi (croire et croître), tu es mon abri. Je suis à peine née, il est trop tôt. Saint-Erre me tire dehors violemment. Quand un enfant vient au monde il crie d'effroi, tout l'agresse.

Loin de me disputer ma place, Saint-Erre me fait naître à l'état de femme, avec une brutalité qui m'épouvante. Terrifiée je retourne en arrière et je me réfugie en toi. C'est trop tard, il ne le faut pas, nos maris le sentent, c'est pourquoi ils s'ingénient à nous séparer. Nous rendons bien aux hommes leur mépris, et nous avons tort. Chaque sexe s'acharne à ignorer l'autre. Nous ne savons pas les comprendre; ils ne sont ni aussi stupides, ni aussi grossiers que nous l'imaginons.

En me proposant l'abri de ton affection, tu m'invites à me défendre de Saint-Erre, à le fuir peut-être. Mais comme l'enfant qui tarde à venir au monde, je vois déjà le jour et je ne peux plus empêcher l'irrésistible poussée vers le dehors.

Déjà Saint-Erre me possède, il m'a tout entière: dans mon désir de lui échapper je ne pense qu'à lui, je ne vois que lui, je ne redoute que lui, donc je n'attends que lui.

Il y a dans ta dernière lettre une idée terrible: que si je me soumettais à son méchant caprice, Saint-Erre m'abandonnerait, donc je serais délivrée. La délivrance, c'est la naissance. Je crains de naître à moi-même de peur qu'il ne me quitte; je m'effraie de ne pas être à la hauteur de ses désirs: «Voilà pourquoi peut-être il me persécute,» me dis-je. Je l'abhorre mais l'idée de sa perte m'est plus redoutable encore que sa présence.

Je dois trouver le courage de te raconter ce que je tarde à dire. Il me boudait depuis quelque temps et je filais dans la chambre bleue des songes mélancoliques. Puis la nuit dernière il a surgi. L'angoisse m'a réveillée en sursaut. Il se tenait devant le lit et me regardait. La lune bleue éclairait son visage d'enfant blême et ses yeux fixes. Je lui ai demandé ce qu'il voulait. Il m'a dit une fois de plus :

– Vous battre !

Il s'est assis au coin du lit dans une de ces attitudes nonchalantes dont il a le secret. Je lui ai demandé comment il avait l'intention de me frapper. Il a répondu bien tranquillement :

– J'ai des mains et puis aussi des fouets, des baguettes. Je suis équipé.

– Quand vous m'aurez mise à mal, appellerez-vous le médecin ?

– J'ai des onguents, des pommades. Je vous dis que je suis équipé ! Pourquoi comprenez-vous si lentement, pourquoi faut-il tout vous répéter ? Je sais comment faire et jusqu'où aller. Vous souffrirez mais vous êtes pleine de santé, et le choc peut se révéler bénéfique. Ensuite les choses prendront plus de relief. Tout sera changé pour vous, je vous aurai changée. La vie c'est le changement. Je suis progressif dans la cruauté : sinon tout est consommé trop vite. Vous voir endurer stimulera mon désir, et vous jouirez à proportion que vous aurez souffert, songez-y bien !

J'entendais mais j'étais abasourdie. Je devais absolument reprendre mes esprits. Un gouffre s'était ouvert entre nous qui s'élargissait sous mes yeux, et deviendrait rapidement infini.

Les mots se bloquaient dans ma gorge, et s'évanouissaient vidés d'eux-mêmes. Rien n'avait plus de sens et je me sentais disparaître. Or je devais rester à l'écoute du monde. Il ne fallait pas laisser Saint-Erre croire qu'il avait gagné, ou le terrain serait impossible à reconquérir. Sa méchanceté déferlerait tel un raz de marée, m'engloutissant avec lui.

Au prix d'un effort épuisant la source tarie se remit à couler et les mots franchirent ma bouche. Le rouge de la robe de Lucie flotta à nouveau devant mes yeux.

– Vous avez donc l'habitude de battre ? lui demandai-je.

Un coin de sa bouche s'éleva en une virgule sardonique.

– Certainement ! dit-il d'un ton aussi insouciant que s'il eût parlé du temps qu'il faisait. Il ajouta :

– Vous consentez donc ?

Je me maîtrisai.

– Je veux savoir à quoi j'acquiesce, expliquez-moi.

Tout son visage tressaillit.

– On se lasse d'une femme une fois qu'on l'a vue sous tous les angles, qu'on l'a tâtée, qu'on l'a pénétrée. La monotonie tue le plaisir.

Il m'évalua :

– Je suis exigeant parce qu'il n'y a que l'instant. Le reste est tromperie. Quand on sait que le plaisir est sans au-delà, on en tire la quintessence.

– C'est l'habitude que vous combattez par ce système, or vous souhaitiez l'habitude !

– Cessez de me rappeler ce que je vous ai dit un jour et que je ne pense plus. Vous tenez de chaque mot une comptabilité mesquine. J'aime changer d'avis, je ne suis jamais là où on m'attend. Je veux qu'on m'attende, pour aller me poster ailleurs. Quand on vous attend on vous demande des comptes, et je ne veux être redevable à personne. L'habitude, je ne connais rien de plus mortel. Si j'ai dit le contraire, c'est que la fuite de Lucie m'avait désorienté. Mais je vois que vous commencez à comprendre...

– Je n'en suis pas sûre. Battiez-vous Lucie ?

Le calme de Saint-Erre s'évanouit. Une rage le calcina. L'effet de cette foudre me stupéfia. Il bondit et me saisit par la taille. Ses mains étaient comme des serres.

– Taisez-vous, cria-t-il, son visage tout près du mien. Cela suffit, je vous battrai, je vous battrai tout de suite ! Je ne veux plus de vos paroles, je veux vos cris !

Finette surgit en courant et se jeta à ses genoux. Stupéfait, il me lâcha.

– Battez-moi, Monsieur, s'écria-t-elle, battez-moi à la place de Madame. Vous en tirerez bien autant de plaisir !

Je tentai de la relever. Elle se dégagea et continua dans un cri de détresse :

– Elle n'est pas faite pour être battue, ne le voyez-vous pas ?

Saint-Erre nous évaluait, ses yeux allaient rapidement de l'une à l'autre.

– Lève-toi, criai-je à Finette, il ne te battra pas plus qu'il ne me battra !

Elle résistait :

– Il faut qu'il batte, pleura-t-elle toujours à genoux. C'est la nature d'un homme comme Monsieur, de faire mal pour se faire du bien ! Vous ne le changerez pas, les loups ne se muent pas en agneaux. Si vous tentez de l'empêcher d'être ce qu'il est, il n'en deviendra que pire.

L'indignation avait eu raison de ma peur. Finette et moi parlions comme si Saint-Erre n'était pas présent :

– Je veux bien qu'il y ait des loups et des agneaux, et que chacun joue son rôle dans la nature. Cependant je n'ai jamais vu un mouton s'aventurer dans la tanière d'un fauve de son plein gré, afin de s'offrir en dessert. Lève-toi donc !

Saint-Erre ricana :

– Vous me traitez de loup : les insultes arrivent ! Décidément toutes les femmes se ressemblent. La période de calme est terminée, nous entrons dans la zone des tempêtes ; peut-être nous amuserons-nous.

– Ne voulez-vous pas de moi, Monsieur ? cria encore Finette avec désespoir.

Je lui mis la main sur la bouche pour la faire taire.

– Je n'en sais rien encore, répondit-il. L'usage veut qu'on abuse des servantes ; seulement l'usage m'ennuie comme le reste. Je ne suis pas encore lassé de ma femme, mais seulement de roucouler avec elle.

Finette se releva et sortit en sanglotant.

– Je n'y peux rien, non, je n'y peux rien, marmonnait-elle.

– Cette fille devient folle, me dit Saint-Erre. Elle ne sait plus où elle est ni qui elle est. Voilà l'effet de vos bontés : lui tourner la tête. Je ne sais si c'est comique ou fastidieux. Et maintenant, je vais vous laisser. Quand vous consentirez à vous comporter en épouse, vous me le direz. Contrairement à ce qu'il vous plaît de croire, je ne suis pas un monstre. Je suis un homme honnête, je n'agirai qu'avec votre consentement.

Qu'espère-t-il ? Que je sois totalement brisée sans doute. Le savoir me rend résolue, je ne céderai pas.

Clara

*

* *

Ma chère Agathe,

Sans attendre je t'envoie cette nouvelle lettre. Après m'avoir affirmé qu'il ne viendrait plus dans la chambre bleue, Saint-Erre a paru chez moi hier au soir.

Je venais de me déshabiller, j'avais renvoyé Finette. La porte était fermée et je me croyais seule pour la nuit. Sur le chemin du lit, je passai devant la glace qui surplombe la cheminée. Prise d'une impulsion je posai ma chandelle, j'ouvris le haut de ma chemise et m'examinai. Mes appas me semblèrent assez jolis, et je me demandai pourquoi Saint-Erre, qui avait paru les apprécier d'abord, y était devenu indifférent. Je me demandai aussi par quelle bizarrerie il s'obstinait à vouloir me battre, alors qu'il est si agréable de caresser.

Dans un état de songerie, suspendue entre la veille et le sommeil, je berçai doucement ce que mon époux délaissait. C'est alors qu'il surgit et me saisit par la taille. Il semblait s'être matérialisé à partir du néant. Son attitude sournoise fit que soudain, ce que j'avais désiré peu avant me parut insupportable.

Je me couvris d'une main et tentai de l'autre de rajuster ma chemise. Saint-Erre éclata de rire et me jeta un châle où je m'enroulai.

– De l'air ! dit-il sur un ton qui ne signifiait rien de bon. Il désignait la fenêtre dont le rideau était gonflé par le souffle de la nuit. Une moiteur pesait et je l'avais entrebâillée. Saint-Erre en avait profité pour passer par le balcon.

– Vous agissez comme un voleur dans votre maison !

– Je suis réduit à cet état par une épouse qui se refuse.

Saint-Erre a passé son enfance dans ce château, il en connaît tous les recoins, toutes les cachettes. Je compris qu'il s'y conduisait encore comme un enfant. Un enfant amoureux de sa tante et qui parce qu'il est amoureux, et qu'il n'est qu'un enfant, fait des bêtises pour attirer son attention. Faire des bêtises restait, dans son imagination puérile, ce qui se rapproche le plus de ce qu'on appelle : être un homme.

Comme son visage était proche, je perçus entre les traits de Saint-Erre et les miens certaines similitudes. Ce n'était rien de vraiment précis mais plutôt, dans l'expression, ce qu'on appelle un air de famille. Lui en homme et moi en femme, nos deux visages semblèrent l'espace d'un instant fondus en un seul.

– Vous trouvez que nous nous ressemblons, dit Saint-Erre, qui devinait comme par magie les mouvements de mon esprit. Je l'ai constaté dès le jour où je reçus votre portrait. Je vis en vous une sœur que je n'aurais jamais connue, et que le sort m'envoyait pour alléger mon malheur.

Comme il prononçait ces mots, la tendresse s'étendit sur ses traits en un voile léger. Il m'entoura de ses bras. Le châle tomba, je ne tentai pas de le retenir, et je me laissai aller contre lui. Une partie de moi-même me le reprochait, mais le désir de lui rendre ma confiance l'emporta.

Le bonheur m'envahissait avec violence, mais ma conscience restait en éveil. J'étais devenue comme ces animaux de la forêt qui ne dorment que d'un œil, craignant qu'un prédateur les guette pour les déchirer. S'interdisant cet abandon qui est le sublime des rapports humains, Saint-Erre m'en privait aussi.

– J'ai eu grand plaisir, murmura-t-il comme son doigt traçait sur ma peau un chemin léger, à observer ces gestes intimes, qui ne sont jamais aussi gracieux chez une femme que lorsqu'elle ne se sait pas observée. Vous vous aimez, à défaut qu'on vous aime...

Il recula soudain de deux pas.

– Dans cette même maison j'ai joué ces mêmes jeux avec une autre et ils n'ont plus vraiment de goût. Je me lasse très vite.

L'amertume me submergea et le bonheur s'enfuit.

– Si vous étiez tombée à la renverse de frayeur, cela m'aurait amusé, mais vous détestez les amusements. Votre père vous a abandonnée à une mère aux idées étroites et vous ne comprenez rien d'autre. Vous avez une idée lassante du devoir. Je me demande pourquoi je me donne tant de mal. Votre idée perverse de l'honneur féminin vous empêche de consentir, ou bien vous tomberiez comme les autres. Vous vous targuez de résister, c'est pourtant ainsi que je vous échappe. Vous voyez, je vous obéis, moi, et je vous laisse vous prodiguer les consolations que vous me refusez. Bonsoir.

J'ai sangloté le reste de la nuit. Le monstre sans doute m'a entendue et s'en est réjoui. Je maudis ma faiblesse.

Clara

*

* *

Ma chère Clara,

Ton mari provoque ton désir pour te frustrer de son aboutissement ! Quel tempérament avare et malveillant ! Cet homme connaît sa bêtise et l'entretient. Elle l'empêche de voir une vérité qu'il ne supporterait pas, car elle serait fatale à son orgueil. Enivré de lui-même, il ne proclame la mort de Dieu que pour tenter d'usurper sa place. C'est pour cela qu'il renverse tout, c'est pour cela qu'il aurait triomphé, si tu étais tombée en arrière. Il veut renverser une femme à défaut de renverser le monde.

Tu as raison de lui voir dans le désir un visage d'enfant. C'est un enfant qui a connu trop tôt un désir d'homme, et qui homme ne désire qu'en enfant.

Pour cet attardé la vie n'est qu'un jeu, il s'agit de faire croire et de se faire croire. Les enfants quand ils s'ennuient arrachent les ailes des libellules, parce qu'elles irisent. Tu as ces ailes qu'il convoite; mais tu t'envoles avant qu'il ne parvienne à t'attraper.

D'où le prix qu'il t'accorde. Son mépris, je le crois de façade. Sois patiente et le masque tombera. Si elle en avait, Finette s'arracherait ses propres ailes pour lui plaire. Je ne la crois plus très redoutable, car elle ne sait pas s'envoler. Derrière ses protestations d'attachement pour toi se cache peut-être un louche intérêt pour ton mari. Mais elle ne serait qu'un substitut misérable, soumise d'avance et conquise d'emblée. La chasse serait finie avant d'avoir commencé.

Ne te laisse pas abuser par les simagrées de cet homme. De Finette il ne veut pas, de toi, si. Car je crois qu'il t'admire. Malheureusement, je crois aussi que plus il admire plus il hait. Je crains que la haine ne soit chez lui le substitut de l'amour.

Tu es dans son piège. Plus il te persécute, plus tu résistes, plus tu résistes, plus tu aimes, car le sacrifice est plus élevé. Ton cas est le contraire du sien: chez toi l'amour grandit à mesure que l'objet se rend haïssable. Sa haine te rend plus forte encore mais cette force est pour lui comme une langue étrangère, qu'il ne comprend pas et ne sait pas parler. Il ne connaît que la force qui écrase et qui broie. Tu ne comprends que celle qui construit et protège.

Il y a là un grand mystère, et qui n'est pas un apanage féminin. Les hommes l'exercent à leur manière ; c'est ce qu'on appelait la chevalerie, avant que la noblesse ne dégénère. Hélas pour nous, qui venons trop tard…

Il ne connaît rien aux femmes. Il en a eu ; mais possède-t-on vraiment ce qu'on dédaigne ? Aveuglé par son reflet il n'a rien vu de ce qu'il avait devant lui. Ignorant ce qu'est une femme, il méconnaît aussi ce qu'est un homme, car l'un ne se définit que par rapport à l'autre. Ne sachant ce qu'est un homme il ne peut en être un ; pourtant il a cela quand même en lui. Perdu, il est empêché, voilà pourquoi il t'empêche aussi.

Il n'y a pas si longtemps, pendant que ta mère avait ses vapeurs, nous dévorions cachées dans la bibliothèque les livres de ton père, et nous disions : « Les philosophes sont des hommes, ils ne s'adressent pas à nous. Nous n'avons pas plus d'importance à leurs yeux que les fleurs de leur jardin. Ils ne savent pas que nous existons comme eux, que nous pensons comme eux. »

Nous voulions fonder un cercle philosophique féminin ! Mais un cercle à deux, cela ne tournait pas très rond… Nous n'étions pas prêtes, et nous n'avons pas osé. Je disais :

– Il faut nous dépêcher pendant que nous sommes filles car bientôt les hommes nous rendront sottes, comme tant de femmes que je connais.

Et tu répondais :

– Cela ne risque pas de m'arriver, je n'aurai jamais d'homme.

Nous avions tort car nous avons chacune un mari, et c'est maintenant que nous philosophons. N'est-ce pas une consolation ?

Agathe

*

* *

Ma chère Agathe,

Je ne sais plus que faire. Ses moments d'innocence sont de plus en plus rares, il a presque toujours désormais cette lueur diabolique dans l'œil. Son plus cher désir semble être de me voir malheureuse. Il m'arrive de souhaiter le retour de Lucie, afin qu'il se détourne de moi. C'est affreux pour moi, affreux pour lui.

Il se vante d'être toujours où on ne l'attend pas ; et c'est vrai qu'il m'a surprise. Je craignais de susciter l'indifférence, et de ne savoir endiguer une maussaderie que je sentais rôder derrière l'enjouement de façade, le sourire charmeur.

La haine, non, je ne pensais pas devoir l'affronter. Ce sentiment trop fort, qu'ai-je fait pour le provoquer ? Je représente si peu pour lui... Pour être aimée, j'étais prête à tous les sacrifices. À défaut, je croyais pouvoir atteindre cette concorde qu'il disait espérer du mariage, lors de notre première conversation à Orcelles.

Mais ni la douceur de l'harmonie, ni l'amertume légère de l'indifférence ne me seront données. La haine, seulement la haine.

Au souper, comme nous attendions le rôti, ses mains s'ouvraient et se fermaient comme pour broyer quelque chose ou quelqu'un. Ce mouvement convulsif, dont il n'avait pas conscience, s'accompagnait d'un serrement des mâchoires, visible sous la peau. De cela non plus il ne se rend pas compte et c'est d'autant plus horrible. C'est plus fort que lui, hors de son contrôle.

Que va-t-il se passer maintenant ? Je tremble. Le ciel se couvre et j'attends l'orage.

Clara

*

* *

Ma chère Agathe,

Le monstre a intercepté ma dernière lettre. Il a fait irruption dans la chambre bleue juste comme j'allais la sceller. Après l'avoir lue, il m'a poussée violemment hors de la pièce, et il s'est vengé à sa manière. Brandissant le billet, il m'a pourchassée à travers le couloir en me bourrant de coups de pied.

Chaque coup qu'il me donnait, il l'assortissait d'un mot tiré de ma prose : « Diabolique... haine... broyer... convulsif... horrible... » Je me suis enfuie dans le parc. Il m'a poursuivie, mais par cette nuit sans lune l'obscurité m'a protégée et je me suis tapie dans les buissons. Je l'ai entendu rentrer dans le château, jurant et sacrant. J'ai passé des heures en tremblant dans ma cachette et n'ai osé revenir que comme le jour allait poindre.

Ce soir-là il sentait le vin. Il s'enivre tout seul, malheureux et incapable d'accepter les consolations que je ne demande qu'à lui prodiguer. Le pire est qu'il m'a semblé, malgré ses airs indignés, content que je lui fournisse un prétexte à me tourmenter...

Je ferai comme toi désormais : je confierai mes lettres à Finette. Tu enverras les tiennes à son nom. J'espère que Saint-Erre n'a pas vu juste, et qu'elle ne finira pas par se prendre pour moi... Mais je ne vois pas d'autre solution...

Clara

*

* *

Ma chère Clara,

Qu'est-ce que la méchanceté ? Rien d'autre que la poussière du malheur. Le malheur brûle d'un feu glacé, qui laisse après qu'il s'est éteint ces cendres lamentables. La méchanceté effraie et veut effrayer; elle œuvre par réfraction, car elle n'est elle-même qu'effroi.

La conviction que tu cours un danger n'est pas nouvelle, mais maintenant il y a urgence. Saint-Erre n'est méchant que par peur d'aimer; tu ne le comprends pas parce que tu l'aimes. On dit que l'amour est aveugle...

Contrairement à toi, je crois à la colère de ton mari. Je pense qu'il tient à ton estime, et que s'il fait tout pour la perdre, c'est malgré lui. Malgré, en tout cas, la meilleure part de lui-même. Cet homme est un champ de bataille où s'affrontent constamment des forces contraires. Je le plains, ce qui ne veut pas dire que je l'excuse. Son obsession de la maîtrise cache un grand désarroi. Comme un animal, il devient féroce quand il se sent acculé.

Finette a raison: il ne faut pas te laisser battre, il ne faut pas le laisser acquérir le goût du sang, il ne faut pas le laisser faire semblant de te mépriser... N'oublie pas que c'est un joueur. Pour l'emporter le joueur croit à sa tromperie. La dissimulation lui est une seconde peau, la seule dans laquelle il se sente à l'abri... Tu devrais réfléchir à la proposition de Finette. Laisse-la monter en première ligne, puisqu'elle y tient! Si elle veut se prendre pour toi, qu'elle en ait les désagréments, car tu en as trop et peux bien lui en céder ; et non les satisfactions, qui te sont si rares...

Je t'ai mal conseillée en te recommandant une prudence que je crois maintenant inutile. Dans le combat que tu mènes il faut d'abord de l'audace.

Tu aimes Saint-Erre, c'est un fait. Tu n'y peux rien, ou plutôt si : tu peux en faire ta force. C'est pourquoi ton amour l'épouvante.

Le remède que tu lui proposes, il le croit poison. L'amour lui a été retiré. Il a cru mourir, il a survécu, il s'est dit : plus jamais cela. Puis on lui a donné de l'amour à nouveau. Il n'y a cru alors qu'à moitié, en se jurant qu'il se protégerait. C'était un amour corrompu, on a profité de lui, cette tante trop jeune et trop belle s'est consolée de sa solitude en dévorant cet enfant. Et il l'a mangée en retour. Devant une femme il ne sait rien faire d'autre. Tout s'est mélangé. Le chaos règne et la terreur souffle en lui comme un vent mauvais, qu'il détourne vers toi...

Je te croyais trop bonne, j'avais tort. Il faut être entièrement bonne avec lui, si bonne que tu en seras sereine et sans peur. Bonne à en devenir inflexible. En es-tu capable ?

Agathe

*

*   *

Ma chère Agathe,

J'ai d'abord subi ses bouderies, ses silences, ses regards furibonds et l'abandon où il me laissait. Puis j'ai eu droit à ses gifles et à ses coups de pied mais au moins, la rage les inspirait. Ce que je prenais pour le pire n'était qu'une trêve. Hier soir il est revenu dans la chambre bleue et à nouveau il m'a dit qu'il voulait me battre.

– Cela ne vous a pas suffi de me gifler à tour de bras voilà deux semaines ? Et de me bourrer de coups de pied il y a huit jours ?

– Cela n'a rien à voir.

– Rien à voir !

– Cela compte pour rien lorsque je vous bats par colère. Quand vous me rendez enragé, je ne me possède pas, c'est vous qui me possédez. C'est le monde à l'envers...

Je suis maintenant rompue à ses arguments. J'ai dû apprendre ce jeu pervers, puisqu'il n'en connaît pas d'autre :

– Que vous faut-il pour le remettre à l'endroit ?

– Je veux pouvoir aussi vous battre par plaisir... c'est-à-dire par ennui. Puisque vous m'infligez vos airs de martyre, je trouverai bien le moyen d'en jouir. La vie est décevante, il faut faire feu de tout bois. Je tente de vous l'apprendre, mais vous refusez mes leçons, pour vous lamenter que je ne vous donne rien. Est-ce ma faute si vous ne savez pas recevoir ?

– Comment puis-je vous recevoir, si vous ne me visitez plus ?

– Et que suis-je donc en train de faire ? Je vous visite moins souvent parce que je ne supporte pas cette tristesse accablante qui émane de vous. Vous m'avez leurré, je vous croyais bon caractère. Une épouse doit se soumettre gaiement.

– Oui, mais pas au diable !

– Je ne suis pas le diable !

– Non, mais il vous inspire, et vous l'écoutez attentivement.

J'apprends, contrairement à ce qu'il prétend. Mais il a de l'avance sur moi ; et il est sur son terrain, avantage décisif dans une bataille. Voici le marché qu'il m'a proposé :

– Cessez de me lanterner. Ou vous me laissez vous battre, ou je vous quitte. Je retourne à Paris, vous ne me verrez plus. J'y retrouverai bientôt Lucie. Elle m'a trahi : débarrassé de la pesanteur du sentiment, je m'amuserai avec elle. S'amuser n'est pas grand-chose mais on ne peut espérer davantage... Ne plus me voir vous soulagera ; vous vivrez dans ce château, que Lucie m'avait laissé dans sa lettre d'adieu. Je vous abandonne à mon tour Forsages. Si l'endroit ne vous agrée plus, vous retournerez chez votre mère : de toute façon, vous mènerez la même vie que la sienne.

J'aurais dû être soulagée. Après tout, qu'aurais-je

perdu ? Mon mari n'en est plus un, le château, je m'y ferai, la solitude, je m'y suis faite depuis longtemps.

Mais je n'ai pas pu supporter de le perdre. Je n'ai su me résigner à ce que tout soit fini, à ne rien pouvoir faire d'autre pour lui. Ma passion s'est distillée en compassion. Si je le laisse partir, dans le fracas du monde il sera plus seul que moi. Je ne puis supporter qu'il reprenne sa vie de plaisirs misérables, et je ne puis accepter non plus de revenir à l'absence de perspectives. Je ne peux plus m'imaginer sans lui.

Je me suis jetée à ses genoux et j'ai murmuré :

– Faites ce que vous voudrez.

Il m'a demandé de me déshabiller. J'ai obéi, mais je n'ai pu m'empêcher encore de demander :

– Vous me faites déjà souffrir autrement. Pourquoi de cette façon dégradante pour moi, pour vous ?

– La dégradation est le lot humain, on n'y échappe jamais. On peut au moins y prendre goût. Je veux recommencer à vous foutre ; et je ne pourrai plus vous foutre sans vous avoir battue.

– Que vous ai-je fait ?

– Vous voulez vraiment le savoir ?

– S'il vous plaît.

– Vous êtes là, j'ai besoin de vous, cela suffit !

– Vous voulez donc effacer les femmes de la surface de la terre ?

– La tâche serait trop lourde ! Et puis je ne peux quand même pas vous tuer : vous me manqueriez. Je penserais plus à vous morte que vivante.

– Morte, vous m'aimeriez ?

– Je ne vous veux pas morte : je veux seulement jouer avec vous.

– Je ne suis pas un jouet, je suis une femme !

– Je vois bien que vous êtes une femme : vous l'êtes beaucoup trop. Si je vous bats, vous ne serez plus une femme : vous serez à moi, et alors je pourrai vous foutre ; je ne peux foutre qu'un jouet.

– Lucie n'était pas une femme ?

– Ma tante était ma tante.

– Vous la battiez ?

– Cela me regarde et vous posez trop de questions. Dépêchez-vous d'ôter vos bas !

Je retardais le moment. Il avoua soudain :

– Je ne battais pas ma tante, c'est elle qui me battait.

La stupéfaction me figea.

– Évidemment, elle me battait, c'est elle qui m'a élevé ! Vous imaginez comme j'étais insupportable ! Elle a cessé de me battre quand je l'ai foutue. Je ne l'ai jamais battue, je la foutais seulement. Je la foutais et j'en foutais d'autres. Quand j'en foutais d'autres c'était comme si je la battais. Quand je la foutais aussi c'était comme si je la battais.

– Les autres, vous ne les battiez pas ?

– J'en battais une.
– Cela vous suffisait ?
– Cela me suffisait.
– En battre une vous permettait de faire l'amour aux autres ?
– Sans doute.
– Vous battiez toujours la même ?
– Oui, pendant assez longtemps.
– Pourquoi celle-là ? Qu'avait-elle de particulièrement haïssable ?
– Rien, au contraire ! C'était une brave fille, qui se laissait battre gentiment.
– Cela lui plaisait donc d'être battue ?
– Si cela lui avait plu, cela ne m'aurait pas amusé.
– Pourquoi alors se laissait-elle battre ? Vous aimait-elle tant ?
– Vous dites cela parce que vous pensez que se laisser battre est une preuve d'amour : et comme vous hésitez, je vois que vous ne m'aimez pas.
– C'est parce que je vous aime, que je veux comprendre votre idée de l'amour, qui est si loin de la mienne ! Pourquoi se laissait-elle battre ?
– Je la payais. Cela lui permettait de manger, d'avoir un toit sur la tête et des colifichets. Je n'aime pas battre une femme en haillons.
– N'aviez-vous pas honte ?
– C'était une pauvre fille, elle y trouvait son compte et moi aussi. Vous voulez me faire honte

pour m'assujettir. La honte est un sentiment de faible. Je n'ai plus honte de rien.

Il se leva du lit où il s'était allongé et m'y traîna, criant :

– Savoir, comprendre : vous n'avez que ces mots-là à la bouche ! Il ne s'agit ni de savoir ni de comprendre, il s'agit de vous laisser foutre !

– Pourquoi vous mettez-vous en colère ? Vous voilà tout rouge !

– Vous me rendez fou, je vais vous étrangler !

– Étranglez-moi, vous ne pourrez plus me battre ! Mais avant de mourir, je veux savoir encore une chose...

– Vous préférez mourir, que d'être battue ?

– La mort épargne la honte.

– La honte, on en fait ce qu'on veut ! Quand j'avais fait une bêtise et que ma tante me battait, j'avais honte et j'en jouissais !

– Et vous voulez encore vous venger ! C'est bien elle que vous aimeriez battre ! Vous n'osiez pas et maintenant vous ne pouvez pas, parce qu'elle vous a échappé... Me battre moi ne vous soulagera pas davantage que de fouetter cette pauvre fille que vous aviez l'habitude de payer... Lucie aurait-elle accepté que vous la battiez, si vous le lui aviez demandé ?

– C'est impensable !

Il me gifla à la volée.

– Taisez-vous, taisez-vous, à quoi cela sert-il ?

Je refusai de me taire.

– Cela sert à ce que nous nous parlions... Et nous continuerons à parler... Donc avec Lucie, il vous manquait déjà quelque chose ?

– Il ne me manquait rien ! Je foutais ma tante, puis en sortant de là, j'en battais une autre, et puis après, cette autre souvent je la foutais aussi.

– Étiez-vous heureux ainsi ?

Il se troubla.

– Heureux, je n'aime pas ce mot... C'est un de ceux que tout le monde prononce, et auxquels personne ne donne de sens... D'ailleurs je ne me posais pas ce genre de question... Les questions n'ont pas d'intérêt pour moi... On les pose parce qu'on n'a pas de réponse, alors à quoi bon ?

– Donc vous n'étiez pas heureux !

– Qu'est-ce que cela peut faire ? Je ne l'ai jamais été ; on ne ressent pas le manque de ce qu'on n'a pas éprouvé. Si j'avais goûté au bonheur pour le perdre ensuite, c'eût été pire. Je préfère ne pas le connaître. Si je le connaissais, je vivrais dans la terreur de le perdre. Le bonheur me rendrait malheureux.

– Cette pauvre femme que vous battiez, êtes-vous sûr qu'elle se laissait faire seulement pour l'argent, n'avait-elle pas un sentiment pour vous ?

– Je ne le crois pas, d'ailleurs je ne veux pas le

savoir. J'aurais été bien empêtré de son amour. Le sentiment est incongru, avec ces femmes-là.

– Qu'est-ce que ces femmes-là ont de si différent des autres ? Ce sont des femmes...

– Ce sont des femmes qu'on paie, elles ne sont là que pour cela.

– Un homme ne paie-t-il pas toujours pour une femme ? N'avais-je pas un prix, n'ai-je pas remboursé une dette ?

– Vous exagérez, voulez-vous encore des gifles ?

– Êtes-vous si pressé, ne pouvez-vous attendre un peu ? Cela ne vous ennuyait-il pas de payer une femme, quand vous pouviez en avoir pour vos beaux yeux autant que vous vouliez ?

– Non, cela me changeait du reste. Les cérémonies se ressemblent toutes... Quand on paie on est tranquille : pas de sentiment, pas de questions, pas d'ennuis. On fait ce qu'on veut.

– Ainsi vous aviez une pauvre fille, dans une petite maison misérable, à qui vous infligiez ce que vous n'osiez infliger à d'autres. Elle l'acceptait, pour du pain, pour trois rubans, pour un feu. Elle vous attendait, toute la semaine, dans cet endroit où vous la battiez... Quelle affreuse existence...

– On ne peut pas avoir scrupule du monde entier. Et le monde entier est affreux, quoique vous refusiez de l'admettre. Vous devriez aller visiter nos paysans, et voir comme ils vivent : mais vous vous en gardez bien... D'ailleurs on aurait tort de s'en émouvoir : ces gens-là ne sentent rien. En cela ils sont supérieurs à nous.

– Si une femme ne sent rien, à quoi bon la battre ?

– On la bat pour l'amener à cet état où elle ne sentira plus rien. La souffrance mène à l'insensibilité, qui est la sagesse. C'est bien pourquoi vous devez souffrir... Mais vous ne voulez rien comprendre...

Furieux, il sortit. Une fois de plus j'avais empêché le pire. Mais il le savait, et m'en voulait. Auparavant j'avais peur pour lui ; maintenant, j'ai peur de lui.

Clara

*
* *

Ma chère Clara,

Cet homme abominable est en même temps un homme ordinaire. Mais qu'est-ce, justement, qu'un homme ordinaire ? Après ta dernière lettre, je voulais interroger Frédéric. Finalement je ne l'ai pas fait : j'avais peur de ses réponses. Il est à l'opposé de ton mari : ce n'est pas un libertin, il a vécu retiré à la campagne, il craint Dieu et il veut le bien. Pourtant, n'y a-t-il pas quelque part une souillon qu'il aurait battue ou même qu'il battrait, qu'il aurait forcée ou forcerait peut-être encore, en achetant son silence d'une aumône ? Et si cela lui permettait de se montrer avec moi l'homme courtois qu'il est toujours ? Et si, à mes questions, il avait tranquillement répondu qu'il y a au monde deux sortes de femmes : la sienne, qu'on respecte, et les autres, qui « ne sentent rien » ? Nous savons bien pourtant, et l'indignation me fait parler aussi grossièrement que Saint-Erre, qu'une femme respectable ne sent rien quand on la fout. Ces hommes nous reprochent tout et son contraire : nous sentons trop et nous ne sentons pas assez. Une poupée ou une statue serait leur idéal. L'idéal n'existant pas sur terre, une femme ne leur suffit pas ; il leur en faut d'autres, qui ne sentent rien lorsqu'ils les battent, ce qui les rassure quant au côté animal, pour ne pas dire minéral, de notre sexe. Mais ne t'inquiète pas, ils savent bien au fond d'eux-mêmes que l'une et l'autre catégorie sentent trop au contraire, et feignent seulement de ne pas éprouver, tout comme ils feignent de croire qu'elles n'éprouvent pas. Car s'ils croyaient vraiment que nous sommes des pierres, pourquoi auraient-ils envie de nous foutre, sans parler de nous battre ? Aiment-ils foutre et battre des rochers ? Pourquoi doivent-il penser que nous sommes comme mortes pour nous approcher ? Parce que le lièvre fait le mort pour échapper au loup ? Ces considérations sont vertigineuses, arrêtons. Je veux continuer d'être l'épouse tranquille de Frédéric.

Ainsi nous persistons dans nos natures respectives : je ferme les yeux sur ce qui dérangerait ma vie, et toi, inlassablement, tu soulèves les voiles. Ton mari t'y pousse, car il aime la guerre autant que le mien aime la paix. Contrairement à ce qu'il prétend, une femme docile l'ennuierait. Ta rébellion l'excite. Tu crois ne pas faire son jeu, c'est le contraire.

Si mon aveuglement volontaire est une forme inférieure de sagesse, ton effort vers la lucidité me paraît admirable. Ton chemin est tellement plus difficile que le mien !

Agathe

*

* *

Ma chère Agathe,

J'ai accepté. J'ai accepté qu'il me frappe. Je ne saurais te dire ce qui l'emporte en moi, de l'horreur ou du ridicule. Ou de la honte que j'éprouve à m'en souvenir, et plus encore à te le raconter.

Alors, pourquoi ne pas me taire ? Dans une situation comparable, tu sauverais par le silence ce qui resterait de ta dignité.... Mais tu ne te trouverais pas dans une situation comparable. Tu n'attires pas ces choses-là...

Prise dans cet engrenage, si je me tais, ce ne sera plus la situation qui sera folle, mais moi. Il me faut donc boire ma honte jusqu'au bout ; et que tu saches comment je la bois.

Je l'ai rejoint dans la chambre rouge. Je n'en pouvais plus de cette trêve hostile. Depuis ses menaces, je craignais qu'il ne reparte, en pleine nuit peut-être, pendant mon sommeil, pour éviter les reproches ; et cela m'empêchait de dormir. Je préférai l'orage à ces nuages lourds.

Il ne dormait pas. On dirait qu'il ne dort jamais... Il m'a toisée, maussade :

– Que venez-vous faire ici ?

– Me rendre. Vous voulez me battre, eh bien, battez-moi !

Il s'est éclairé comme un gamin qui a fait une bonne bêtise. Ce triomphe enfantin me navra.

– Je puis vous battre, vous le voulez donc ?

– Je ne le veux pas, je m'y résigne. Je ne supporte plus que nous vivions ainsi.

Les larmes me montèrent aux yeux, mais je les endiguai. Je pensai : Oui, qu'il me batte ! Cela sera extérieur, matériel, tangible (ne ris pas).

Il m'a dit :

– Mettez-vous là, ainsi, et relevez votre chemise. Je vais chercher ce qu'il faut.

Le nez dans la courtepointe, je ne voyais plus que du rouge. Je l'entendis vaquer, et j'eus une forte envie de rire. Je ne devais pas y céder, cela gâcherait tout. Il ne s'agissait plus que de lui, n'est-ce pas ?

Il est revenu faisant siffler quelque affreuse badine qu'il tenait prête pour cet usage. Il m'a frappée avec un horrible bruit. Et cela m'a fait mal !

Tu ris. Si cela t'arrivait, tu ne rirais pas. Moi, je n'ai plus envie de rire. Mais une fois de plus j'oublie que cela ne t'arriverait pas.

Je me trompais en me figurant que l'extériorisation de la douleur me soulagerait. Cela m'a fait plus mal sous la peau que dessus. De plus, j'étais humiliée. Pas pour moi, comme il le croyait sans doute. Car après tout, la chose faite, je n'avais plus honte. En tout cas, je n'avais plus honte pour moi. C'est surtout dans l'idée que la honte se trouve. Non, j'étais maintenant humiliée pour lui, de le voir trouver son plaisir à cela !

L'humiliation était plus cuisante que la douleur et pourtant – tu vas encore rire – la surprise était que cela m'a fait *très* mal. J'avais oublié l'existence matérielle de la douleur tellement j'étais préoccupée par l'absurdité de la scène, la dégradation qu'il puisse souhaiter cela : dans la pensée cette autre douleur remplaçait tout. Puis, devant la chose même, j'ai compris que je ne pouvais la supporter. La douleur m'a rappelée à moi. J'ai crié. Il s'est arrêté, hors de lui :

– Taisez-vous !

Il m'a frappée encore et encore, j'ai crié.

– Il ne faut pas crier !

– Mais vous me faites mal !

– Évidemment, mais vous ne devez pas crier.

– Pourquoi ?

– Je n'aime pas qu'on crie.

– Si je crie, n'est-ce pas la preuve que vous avez réussi ?

– Cela me dérange ! Taisez-vous !

Je me suis relevée. Il se tenait près du lit, la badine à la main, comme un enfant qui fait un caprice, mais avec quelque chose du démon dans les yeux. Je me suis rajustée.

– Que faites-vous ?

– Cela suffit, j'en ai assez.

– Cela ne suffit pas, je n'en ai pas fini !

– J'ai joué votre jeu, je sais ce que je voulais savoir. Je n'aime pas qu'on me frappe.

– Je ne vous demande pas d'aimer cela. C'est de mon plaisir qu'il s'agit, et non du vôtre.

– Ce qui vous plairait, c'est que cela me fasse horreur, et que malgré tout je le subisse.

– C'est à peu près cela. Taisez-vous et reprenez la pose, nous perdons du temps.

– Vous pensez que je manque à mes devoirs ?

– Vous manquez au premier de vos devoirs, qui est de vous taire.

– Le premier de mes devoirs n'est pas de me taire, c'est de vous aimer, et je vous aime.

– Toutes vos idées sont fausses. On ne demande pas à une femme d'aimer son mari mais de lui complaire.

– D'autres femmes aiment leurs maris, qui en sont contents, et d'ailleurs les aiment aussi.

– Ce sont des façons de boutiquiers. Je ne vous demande pas d'être comme les autres, et je ne le suis pas non plus. Vous êtes vous et je suis moi. Mais vous m'encombrez avec votre prétendu amour, qui ne fait que m'empêcher.

Je me suis enfuie de la chambre rouge. De retour dans la chambre bleue, j'ai éclaté en sanglots. Sa méthode ne marche pas, je sens toujours tout et même plus qu'avant.

Clara

*
*   *

Ma chère Clara,

Il t'a fait frôler l'abîme. Heureusement ton bon sens a pris le dessus et tu as reculé. Tu as bien fait de t'approcher aussi près : tu es prévenue. Ne recommence pas pourtant sinon le vertige t'y précipitera. Cette insensibilité que Saint-Erre te vante te fera morte et pire que morte. Cours, pars, quitte-le. Va n'importe où, viens ici si tu veux. Mais ne reste pas là-bas !

Agathe.

*
* *

Ma chère Agathe,

Le lendemain du jour où Saint-Erre a voulu m'enseigner sa « méthode », le peintre est revenu. Il apparaît dans ma vie quand je suis sur le point de céder au désespoir...

Toute la journée j'avais lutté contre un découragement accablant, que le ciel semblait refléter. Une fois de plus l'orage menaçait, et les nuages s'amoncelaient. Situé sur un plateau, Forsages attire la foudre.

Comme à son habitude Saint-Erre avait disparu. En fin de journée je me sentais si triste que je décidai de faire un tour dans le parc avant que des trombes d'eau ne s'abattent sur le château.

Comme je marchais dans la grande allée, un homme m'a fait signe derrière les grilles. J'ai reconnu le peintre. Il portait sur le dos son attirail, qui devait être fort lourd.

– N'avez-vous pas de travail pour moi ?

– Je vous ai dit que non.

– Vous pourriez avoir changé d'avis. Je vais de château en château, de village en village et de ferme en ferme, et je propose mes services.

Il semblait défait.

– Voilà quinze jours que je n'ai pas trouvé d'ouvrage, et trois que je n'ai pas mangé.

Je lui dis d'entrer, qu'on le nourrirait aux cuisines. Tandis que nous remontions l'allée, les premières gouttes de pluie s'écrasèrent, énormes. Nous pressâmes le pas. Le peintre me jeta un regard oblique.

– Êtes-vous heureuse ?

– Pourquoi me posez-vous toujours cette question ?

– Vous vous la posiez sans cesse, lorsque je vous peignais. Elle s'inscrivait sur votre visage. Je me demandais quelle serait la réponse.

Mon silence ne le découragea pas :

– La peinture est un remède à la nostalgie. Je pourrais décorer le mur de votre chambre d'une belle fresque de la prairie d'Orcelles, avec le ruisseau et les renoncules. Si vous voulez, j'y mettrai aussi une nymphe.

– Comment savez-vous que j'aimais ce lieu ?

– Je vous y ai vue promener. C'était avant que je quitte le village, pour tenter ma chance sur les routes.

Je m'étonnai.

– Je ne vous y ai jamais rencontré.

– Je me cachais dans le bosquet de saules !

Je tressaillis.

– Il ne faut pas m'en vouloir ! Je regardais tout, et c'est ainsi que j'ai appris à peindre.

Je réfléchissais. Saint-Erre ne m'avait-il pas proposé de redécorer l'endroit à ma guise ? Je quitterais la chambre bleue, jolie mais trop triste. J'en trouverais une autre, que ma seule présence marquerait.

Le peintre insista :

– Je ferais un paysage bien reposant, et qui vous désaltérerait l'esprit.

Le tonnerre gronda. Je montai en courant les marches du perron. J'ouvrais la porte comme un autre fracas retentit : Saint-Erre arrivait au galop, taché de sang et de boue, ses carniers pleins. Il arrêta son cheval et sauta à terre.

– Qui est cet homme ?

– L'auteur de la miniature que vous aimiez tant.

– Que fait-il chez moi ?

– Il vient peindre une fresque.

– Il ne gribouillera rien ici, qu'il s'en aille !

– On ne peut pas le renvoyer par ce temps.

La foudre déchira l'air. Saint-Erre eut un geste menaçant vers le peintre :

– Partez, ou je lâche mes chiens !

Je m'approchai, prête à plaider. Mais Baptiste déjà s'éloignait.

La pluie m'avait en un instant trempée jusqu'aux os et Saint-Erre aussi. Nous nous changeâmes chacun de son côté. Pendant le dîner je ne pus m'empêcher de voir en esprit le peintre transi sur la route, et cela m'attrista.

– Cela fait plaisir d'être bien accueilli ! persifla Saint-Erre.

– Pourquoi avez-vous chassé ce pauvre garçon ? Je ne comprends pas ce qui vous a déplu...

– Ce qui m'a déplu, c'était qu'il vous plaise. Je n'aime pas qu'on me préfère un gueux.

– Comment pouvez-vous croire cela ? Je pensais que sa peinture vous amuserait...

– Je ne rentre pas de la croisade, nous ne sommes plus au temps des troubadours ! Je veux choisir qui entre chez moi.

Son regard glacial m'a fait taire. Je sens que je vais redevenir muette. À quoi bon parler, quand personne ne m'entend ?

Ce que je viens de raconter serait une raison de plus d'accepter ton offre. Vivre auprès de toi serait comme un printemps qui s'ouvre. Je t'aiderais à élever ton enfant... Mais cela ne résoudrait rien. Je ne déserterai pas. Écoute-moi seulement. Si je ne peux pas dire ce qui m'arrive, ne serait-ce qu'à une seule personne, j'en mourrai.

La dureté de Saint-Erre envers le peintre m'a gravement peinée. Je l'ai vu se montrer cruel avec un autre comme il peut l'être avec moi. Cela ne m'est donc pas spécialement destiné. Une fois de plus je vois qu'il n'y a rien à faire.

Peu après mon retour dans la chambre bleue, Finette entra, le visage bouleversé et les mains tordant son tablier.

– Je vous ai entendue pleurer.

– Ce n'est pas la première fois ! Laisse-moi.

– Je ne veux pas que vous pleuriez.

– Les larmes sont comme la pluie. Quand il faut qu'elles coulent, elles coulent. Te crois-tu le pouvoir de me consoler ?

– De vous consoler non, mais peut-être de vous empêcher de pleurer à l'avenir.

– Que t'importe que je pleure ? Tu as ta vie, j'ai la mienne. Ne t'arrive-t-il pas de pleurer à toi aussi ?

– Vous êtes une vraie personne, mais chez ma mère, nous vivions avec les animaux dans la maison ; je suis plus près d'eux que de vous.

– Ne parle pas ainsi. Tu as une âme, Dieu te l'a donnée.

– Dieu donne ce qu'il veut. Moi, je vois ce que je n'ai pas.

– Tu ne crois donc pas en Dieu ?

– J'y crois mais il est trop loin. Et même s'il est plus près de vous que de moi, ce n'est pas ça qui vous réconforte. À quoi sert de viser plus haut que soi ? Je me contente de regarder à mon niveau, et je vois qu'il s'agit de vous et de moi, rien d'autre. Vous qui êtes malheureuse, et moi qui veux bien prendre votre place, lorsque vous ne voulez pas l'occuper.

– C'est donc cela que tu veux, prendre ma place ?

– Seulement pour ce qui est indigne de vous. Puisque Monsieur le marquis veut vous battre...

La honte me remonta au visage.

– En quoi est-ce que cela te regarde ?

– Monsieur parle fort et c'est difficile de ne pas l'entendre. Parfois vous criez. Et Monsieur se plaint à Florent, qui me le répète. Florent est grossier et c'est un homme. Il trouve que vous faites bien des histoires...

L'idée que les domestiques discutent de mon cas me rendit malade.

– Tais-toi, tu me dégoûtes !

– Vous m'écouterez encore un peu, il le faut. Vos affaires sont les miennes, parce que si cela continue, vous partirez, et je ne veux pas. Moi, je comprends des choses que les bêtes comprennent, rarement les humains. Monsieur a peur de vous, c'est ce qui le rend brutal.

– De quoi a-t-il peur ?

– Que vous le dominiez. Il croit qu'en vous abaissant, cela ira mieux. Il a tort, cela n'en sera que pis, car ainsi c'est lui qui s'abaisse. Il ne peut pas le comprendre, laissez-le me battre. Il me rabaissera en pensant à vous. Comme je suis déjà bien bas, je ne crains pas grand-chose.

– Pourquoi souffrirais-tu à ma place ?

– On m'a toujours battue, ça ne me fait rien.

– Ne parle pas comme lui !

– Quand on est habituée ce n'est pas si grave. Ce que je ne veux pas, c'est partir d'ici. Avant on me battait mais en plus j'avais faim, personne ne me considérait, j'étais une bête. Je veux bien être battue pourvu que je demeure avec vous. Laissez-moi faire. J'irai trouver Monsieur, on verra bien s'il veut de moi.

– Puisque tu es comme une bête, d'où te vient ton aisance à raisonner ?

Elle se troubla.

– Si je vous le dis vous ne voudrez plus de moi.

– Si tu me laisses dans le soupçon, je ne voudrai plus de toi non plus.

– Je suis fille de prêtre.

– Quoi ?

Elle marmonna en regardant par terre :

– Le curé du village a fait un enfant à ma mère, une pauvre paysanne.

– C'est insensé !

– Je savais bien que vous ne voudriez plus de moi...

– Ma pauvre Finette, la faute n'est pas la tienne !

– Ce n'est pas la mienne, mais elle me pèse dessus.

– C'est la faute qui te permet de raisonner ?

– Si vous voulez. Le curé s'est un peu occupé de moi. Il m'a appris à lire et à écrire. Quand je me trompais, il me battait. Il disait que le mal m'embrouillait l'esprit, que je devais expier.

Je soupirai.

– Mon mari ignore cela ?

– Bien sûr que non ; cela l'amuse ; c'est pour cela qu'on m'a choisie.

J'ai serré cette pauvre fille dans mes bras, et je me suis tue. Au point où j'en suis...

Clara

*

* *

Ma chère Clara,

Je m'en doutais, cette fille a été mise près de toi pour te perdre. Elle s'est installée dans ton ménage comme le coucou dans un nid. Elle ne t'a pas encore poussée dehors, elle attend son heure.

Il est trop tôt pour la renvoyer : mieux vaut quelqu'un entre ton mari et toi. Si tu le laissais s'en prendre à elle, et menais ta vie de ton côté, cela irait peut-être. Il y a bien une bibliothèque au château : emmène des livres dans la campagne comme autrefois... S'il a ses plaisirs, il ne t'empêchera pas d'avoir les tiens. Je voulais pour toi davantage, je raillais ta faculté à te contenter de peu, j'avais tort. Cultive la sagesse que Saint-Erre veut t'enlever. Il te faudra encore du courage. Le courage, on n'en a jamais assez.

Agathe

*
* *

Ma chère Agathe,

Il frappe cette pauvre fille sur les parties les plus tendres, et elle le supporte sans se plaindre !

C'est moi, figure-toi, qui n'ai pas pu le supporter. Hier à la fin du dîner, il s'est levé de table et m'a dit :

– Bonsoir, à demain.

Lui voyant le démon dans l'œil, j'ai compris. J'ai attendu en vain dans la chambre bleue. Je tremblais. J'ai sonné Finette, elle n'est pas venue.

Je tremblais encore plus fort, j'attendais toujours : des cris, une fuite. Rien. Je me sentais complice d'un crime. N'y tenant plus j'ai couru à la chambre rouge. La porte était fermée. Le bruit des coups rythmait le silence. Puis Saint-Erre s'est exclamé :

– Tu ne cries pas ?

Finette a répondu d'une voix étouffée :

– Je croyais que cela vous dérangerait.

– Ce n'est pas drôle si tu ne cries pas.

– Si Monsieur le marquis veut, je peux crier.

J'ai ouvert. Le spectacle était aussi affreux que ridicule. Saint-Erre maugréait :

– Je ne veux pas que tu cries parce que cela me ferait plaisir, je veux que tu cries parce que tu souffres !

– S'il plaît à Monsieur que je souffre... Si je crie ce sera aussi pour faire plaisir à Monsieur... Je suis là pour cela et ce sera comme vous voudrez. Pour moi, c'est tout la même chose !

Devant cette logique, le monstre s'est déchaîné. Il s'est jeté sur la porte. La clé a tourné dans la serrure, me laissant dans le couloir. Il a recommencé à la battre. Dans une fascination morbide je me pressais contre le bois pour entendre. Les coups devinrent plus forts, rapides et désordonnés ; Saint-Erre haletait. Soudain Finette a crié. Par trois fois je me suis jetée contre la porte. La serrure a cédé. Le monstre s'est arrêté le bras en l'air. Finette était en sang.

Je me précipitai et la relevai. Elle tremblait de tout son corps et ses yeux roulaient. Elle tenta de se dégager de mes bras.

– Il ne fallait pas entrer, Madame, c'est dangereux, hoqueta-t-elle.

L'indignation eut raison de ma peur.

– Sortons d'ici, je te soignerai.

Elle se débattit de plus belle.

– Monsieur vous le fera payer. Il sera hors de lui, il ne se contrôlera plus...

Sa toilette en désordre, le monstre arborait un air fanfaron.

– Et vous jouissez de cette horreur !

– J'allais jouir, lorsque vous êtes entrée, répondit-il sans vergogne. Non seulement vous m'empêchez de prendre du plaisir avec vous, mais aussi avec une autre ; vous êtes méchante et jalouse. Pourtant, il suffirait de peu...

Il me regardait et son expression changeait.

– Ce tableau inattendu me plaît. Continuez, serrez Finette dans vos bras, pleurez ensemble !

Il chut dans un fauteuil, satisfait.

– Consolez-la, faites comme si je n'étais pas là.

Je lâchai Finette qui se jeta à ses pieds.

– Madame ira se coucher, s'écria-t-elle entourant ses genoux de ses bras. Et nous recommencerons. Je verrai à vous contenter. Je crierai beaucoup, vous me battrez plus fort, je vous supplierai d'arrêter, cela vous plaira !

Je l'arrachai de nouveau à Saint-Erre.

– Es-tu folle de te livrer à ce démon, c'est ignoble !

– Non, Madame, c'est la nature ! Le chat joue avec la souris avant de la manger, et ça lui donne meilleur appétit. Que nous importe la manière dont les hommes prennent leur plaisir ? Il faut qu'ils le prennent, après ils nous laissent en paix. On voit que vous n'êtes jamais allée en cuisine ! J'ai vidé des poissons, tué des lapins, farci des poulets, je me suis brûlée en les mettant à la broche. Vous les auriez trouvés très bons à manger. La chambre et la cuisine, c'est pareil !

Une expression cruelle et gourmande se peignait

maintenant sur les traits de Saint-Erre. Pour le chat, Finette avait raison : c'est bien de cela qu'il avait l'air.

– Très bien, dit-il se levant. Reprends la pose, ma fille, revenons à nos moutons.

Il se tourna vers moi :

– Puisque vous le voulez, restez.

Finette retomba à genoux éplorée :

– Je ne veux pas que Madame voie cela, j'aurais trop honte !

J'allais pour fuir, mais Saint-Erre me rattrapa.

– Votre curiosité a eu raison de la serrure. Mais il faut aller au bout de ses intentions ; voilà quelque chose que je pourrai au moins vous apprendre. Si vous partez, cette créature le paiera par votre faute.

Il s'adressa de nouveau à Finette :

– Tu aimes ta maîtresse, n'est-ce pas ?

Finette hésita puis répondit :

– Oui, je l'aime beaucoup.

– Pourquoi l'aimes-tu ?

– Elle est bonne pour moi.

– Elle est bonne pour toi mais pas pour moi, puisqu'elle ne fait pas ce que je veux...

– Ce n'est pas la même chose !

– Ce que tu veux dire, c'est qu'elle est bonne quand ça ne lui coûte pas beaucoup ; ce n'est pas ce que j'appelle de la bonté.

Finette regarda ses pieds.

– Tu n'es pas d'accord ! reprit Saint-Erre. Les femmes sont inaccessibles à la raison. Enfin... Clara, tu l'aimes et même tu l'admires ?

– Oui, je l'admire.

– Pourquoi l'admires-tu ?

– Parce qu'elle est bonne.

– Je ne sais pourquoi je me fatigue ; on ne tire rien de ces créatures-là... Je vais te donner la vraie réponse : tu l'admires parce que tu voudrais être comme elle.

– Je ne peux pas être comme Madame la marquise...

– Tu ne peux pas être comme elle là où tu le voudrais ; tu le peux au moins là où elle déserte son rôle... Mais sa présence casserait ton illusion... Voilà pourquoi je veux qu'elle reste, et elle restera. Cela me fournira une satisfaction dont vous complotiez de me priver. En compensation, je jouirai de ta honte, et aussi de celle de ma femme. L'ennui s'éloigne, enfin un peu de nouveauté ! Ne me regardez pas ainsi, Madame, ce n'est pas assez ! Criez votre indignation, votre épouvante m'émoustillera davantage. Quel beau théâtre !

Sortant de mon inertie, j'empoignai Finette. Je n'étais la marionnette d'aucun théâtre, j'étais résolue à faire cesser cette mascarade et je n'hésitais plus. Une force m'entraînait. Saint-Erre, le sentant, ne tenta pas de m'arrêter, et Finette non plus. Comme je la guidais le long du couloir, elle pleurait doucement. Je l'ai soignée, je l'ai revêtue d'une de mes chemises de nuit et je l'ai couchée près de moi dans la chambre bleue :

– Je ne te laisserai pas dormir à la cave, Saint-Erre viendrait finir son ouvrage !

– Sans doute, et je ne lui résisterais pas.

– L'aimes-tu ? demandai-je, reprise d'un soupçon.

– Non, je vous aime vous.

– L'un exclut donc l'autre ?

– Oui, puisqu'il est votre ennemi.

– Pourquoi ne pas lui résister ?

– Il est mon maître.

– Il est aussi le mien, et je lui résiste.

– Vous avez tort, les femmes doivent céder.

– N'as-tu pas de dignité ?

– Je suis servante, voilà ma dignité.

– N'en as-tu pas d'autre, et n'es-tu rien qu'une servante ?

– J'en ai une autre, mais je la porte en moi et personne ne la connaît. Celle-là, aucun maître n'y peut rien.

Clara

*

* *

Ma chère Clara,

Frédéric a lu ta dernière lettre. Nous ne devons plus nous écrire.

Nous nous retrouverons un jour. En attendant pardonne-moi.

Agathe

*

* *

Ma chère Agathe,

Cette lettre ne partira pas : je peux donc t'adresser un reproche que sinon mon amitié t'épargnerait. Tu me lâches au pire moment. Mais en t'écrivant, j'ai failli t'attirer dans ma tempête. Je dois maintenant naviguer seule. Là où mon bateau me mène, tu ne pourrais me suivre. Je suis allée trop loin dans cette folie pour m'arrêter. On verra si je fais naufrage. J'ai de plus en plus peur mais la peur n'est plus extérieure, elle fait partie de moi. Je suis cette peur qui m'entraîne.

Cette lettre est pour tes yeux invisibles, elle t'attendra dans un tiroir qui est comme un nid. Je m'illusionne encore : c'est en fait moi qu'elle attend. Ces lignes solitaires m'aideront à me voir en face.

Voici donc la suite. Je pensais que cette nuit abominable était terminée. La paix tombait lentement sur la chambre et pénétrait en moi. Finette endormie ne tremblait plus.

La porte s'ouvrit. À la lueur de sa chandelle l'ombre de Saint-Erre se projeta haute sur le mur. Il ricanait.

– Je m'étais promis de ne plus remettre les pieds chez vous. J'ai été guidé ici comme malgré moi. Je comprends ce que cette chambre avait encore à m'apprendre. Voilà pourquoi vous me résistez : vous trouvez des consolations ailleurs. Cette gueuse est plus habile que je ne croyais, et fait de tout son beurre. Elle séduit le maître en pleurant chez la maîtresse, et la maîtresse en pleurant chez le maître. J'ai affaire à trop forte partie pour vous attirer sur mon terrain ; il me faudra donc venir sur le vôtre. Après tout, ce sera aussi amusant !

Finette se réveilla, et nous nous séparâmes effrayées. Le monstre fut entre nous d'un bond. Je voulus fuir, il me rattrapa, me traîna de nouveau jusqu'au lit, et s'écria entre la jérémiade et le sarcasme :

– Le ciel m'a donné une femme ingrate et perverse. Je dois bien tirer satisfaction de mon malheur, puisque je n'ai rien d'autre... Vous vous lamentiez parce que je ne venais pas dans votre lit, et sitôt que j'y suis vous en sortez...

– Je ne me suis pas lamentée !

– Je lis tout ce que vous écrivez à votre petite dinde d'amie !

Je me tournai vers Finette :

– Lui donnes-tu mes lettres ?

Finette cacha sa tête dans ses mains :

– Il m'a dit que si je le laissais les lire, il ne vous dirait rien et qu'ensuite je pourrais les envoyer... Et c'était si important pour vous, de les envoyer...

Saint-Erre éclata de rire. Je poussai Finette violemment. Elle tomba sur le carreau en sanglotant.

– Je n'ai donc que des ennemis, m'écriai-je, tout le monde me trahit ! Puisque tu veux ma place, prends-la donc et prends-la entièrement. Je ne peux plus la tenir. Vos jeux sont trop forts pour moi et puisque vous y êtes tous deux si habiles, amusez-vous ensemble et laissez-moi en paix.

Saint-Erre releva Finette et entourant sa taille de son bras, il l'enlaça ; dans son regard le sarcasme se mêlait à un dépit enfantin :

– Vous avez tort de refuser la chambre rouge, elle vous va bien ; moins qu'à celle-ci, dit-il embrassant la joue de Finette qui rougit à son tour mais d'embarras. Elle sait que le rouge est la plus belle couleur, et se rend volontiers dans ce lieu que vous désertez.

Finette baissait les yeux, elle avait recommencé à trembler ; j'avais mal pour elle.

– Je constate votre pouvoir, Madame, reprit Saint-Erre. Quand je suis seul avec elle, pour qu'elle rougisse, il faut que je la batte. Devant vous, il suffit que je l'embrasse. Mais elle ne rougit pas au même endroit.

– J'ai honte, balbutia Finette.

– Seule avec moi tu n'as honte de rien. C'est ta maîtresse qui t'enfièvre, et non mon baiser. L'aimes-tu donc tant ?

Finette le repoussa avec énergie :

– Je l'aime, et pas comme vous le croyez... Car vous voyez tout d'un mauvais œil...

– Qu'est-ce qu'elle a donc qui me manque, puisqu'elle ne peut te foutre comme moi, qu'elle n'a pas ce qu'il faut entre les jambes ?

Finette tremblait maintenant à claquer des dents, et ne parlait qu'à grand effort.

– Heureusement que Madame n'a pas ce que vous avez... Car c'est bien ce que vous avez, qui fait que vous n'avez pas ce qu'elle a... Avoir ce que vous avez, c'est là ce qui vous rend méchant... Madame, elle, a de la bonté, voilà ce qu'elle a... Je vous l'ai déjà dit mais vous ne voulez pas le comprendre... Vous ne savez même pas ce que c'est, c'est pour cela que vous la persécutez... C'est pour cela aussi que je me laisse faire à sa place, ainsi je lui rends un peu de ce qu'elle me donne... Vous, vous ne pouvez que le lui prendre pour tenter de le démolir, tant cela vous met en colère... Vous ne savez rien faire d'autre que casser...

Les yeux de Saint-Erre lançaient des éclairs et son

silence m'inquiétait. Je me suis jetée à ses pieds et j'ai crié :

– Rabaissez-moi, Monsieur, puisque vous le voulez tellement, et que vous ne sauriez vivre autrement. Rabaissez-moi autant que vous voudrez, mais ne vous vengez pas sur cette pauvre fille !

Clara

*

*   *

Ma chère Agathe,

Voici ma deuxième lettre à moi-même. Je mets quand même ton nom en haut, pour faire comme s'il me restait quelqu'un à qui parler. Agathe n'est que le côté innocent de Clara, et n'existe plus que sur le papier. Je cacherai ces feuilles derrière la corniche de l'armoire, pour qu'il ne les trouve pas. Quand bien même il les découvrirait, cela me serait égal. Je me moque maintenant de ce qu'il pense, puisqu'il ne pense qu'à m'ennuyer.

Vexé par la franchise d'une Finette poussée à bout, Saint-Erre est allé plus loin dans l'invention diabolique :

– Finette, dit-il, tu es une bonne fille, une fille courageuse et même, une fille remarquable. Tu mérites mieux qu'un état servile. Je ne t'ai pas traitée comme il le fallait : je dois te donner davantage. Ta maîtresse a contribué à m'ouvrir les yeux. C'est vrai que je refuse d'aimer, et que j'exige qu'on m'aime. Comme tu le sais, c'est mon droit, car je suis le maître. Un maître doit être à la fois aimé et craint ; et pour être craint, il ne faut pas montrer de sentiment. Tout droit entraîne en contrepartie un devoir ; mon devoir est de faire respecter ce droit.

Je propose donc de changer notre contrat. Clara souhaite que je la rabaisse à ton profit, je me range à son opinion : ma femme ne peut toujours avoir tort. Je décide des règles du jeu, mais lorsqu'il lasse les participants, je dois les modifier. Nous allons donc jouer une nouvelle pièce. Finette prendra en tout la place de Clara, et Clara celle de Finette. J'entourerai Finette des attentions dues à une épouse. Puisqu'elle n'est pas ma femme, ce me sera possible ; ce ne sera que de la comédie, et je pourrai donc endosser ce rôle de mari auquel je ne suis jamais parvenu à croire. Quant à Finette, j'exaucerai son plus cher désir : être Clara !

Clara, elle, nous servira. Son abaissement lui permettra de garder avec moi cette distance que j'appelle et qu'elle refuse, et de relâcher ce cramponnement qu'elle nomme amour, qui me fatigue, et ne convient pas à sa dignité.

Ainsi la servante commandera à la maîtresse, et la maîtresse obéira à la servante. Moi, je dirigerai les deux. On ne peut pas tout chambouler brutalement ; il faut de la prudence. Basculer à peine le monde, le déséquilibrer légèrement, provoquera des conséquences imprévues. Chacune de vous sera déstabilisée par le changement de partition ; cela nous promet du divertissement.

J'ai eu raison de venir dans la chambre bleue ; l'esprit de ma mère y apaise ma colère. En croyant me priver de ce que j'espérais, vous m'avez toutes les deux comblé. « Les surprises du mariage » : ainsi pourrions-nous appeler la pièce que nous répétons.

Agathe, je ne suis plus rien, je pleure sur ton épaule absente.

Clara

*
* *

Ma chère Agathe,

Cette correspondance imaginaire me frustre. Tes sages paroles, contre lesquelles je me révoltais, étaient un rayon de lumière dans le crépuscule qui m'entoure. Il y avait une autre lueur, c'était Finette, et Saint-Erre me l'a ravie.

Par-delà une distance qui me paraît infinie, je t'appelle encore, et voici ce que je crois entendre. Tu dis que Finette m'a trompée, que tu m'en avais prévenue, que depuis le début cette fille n'a prétendu m'aimer que pour me circonvenir. Tu ne connais pas

Finette comme je la connais ; mon cœur dit que ta logique se trompe. Finette aime sincèrement, et quand elle trahit c'est sans le comprendre. Elle n'a jamais vécu, survécu seulement. L'existence n'est pour elle qu'une lutte de chaque instant, qu'elle est sûre de perdre. Son ambition se borne à retarder l'échéance, et à limiter la force des coups qui pleuvent sur elle.

Elle n'a gagné qu'en apparence et le sait. Saint-Erre ne l'a mise en position d'être tout que parce qu'elle n'est rien. Au moindre faux pas, ou si son plaisir l'exige, il l'abattra.

En attendant, il se sert d'elle pour me diminuer. Il voudrait qu'elle se réjouisse de mon abaissement, il aimerait que j'y croie moi-même, mais je sais que c'est faux. N'aimant que les ténèbres il voudrait m'abuser. La lucidité est ma meilleure arme, puisque l'amour n'a pas suffi.

Finette règne mais l'angoisse éteint son regard. Tout à l'heure elle m'a glissé :

– Ne vous révoltez pas, il n'attend que cela ; mais l'heure n'est pas venue.

Anéantie, je me traîne. J'aime Finette me dominant comme elle m'aimait quand je la dominais. Je m'habitue au monde vu d'en bas.

Clara

*

* *

Ma chère Agathe,

Encore une lettre fantôme, où je consigne pour ne pas devenir folle la question qui rebondit sur les murs de mon cerveau. Saint-Erre, puis-je encore l'aimer ? Cette question s'est imposée à moi, et j'ai compris qu'elle se posait mal. Il ne s'agit pas de pouvoir mais de devoir. Je *dois* l'aimer. Pas seulement parce qu'il est mon mari. Tant de femmes en effet n'aiment pas leur époux. Je dois l'aimer, parce que ne plus l'aimer serait ma défaite. Ce n'est pas moi qu'il hait, mais l'amour que je lui porte. Il ne hait pas Finette, parce qu'elle ne l'aime pas, et qu'elle n'attend pas d'amour de lui. Elle fait semblant, et le semblant le satisfait, car c'est l'arme du faible. Humilier, faire souffrir, n'est chez lui qu'une manière générale d'être avec les femmes. Source et récipient possible de l'amour, la femme est toujours à vaincre.

Il ne m'aime pas, il ne m'a jamais dit qu'il m'aimerait ; je ne croyais pas l'aimer, je l'ai aimé. Le miracle s'étant produit de mon côté, j'ai cru qu'il se produirait du sien. Mais non ; et il me le reproche. L'aimant, je puis ce dont il est incapable. De plus, il ne supporte pas cet amour que je lui porte, puisqu'il se hait. Sa haine des femmes n'est que le reflet de sa haine de lui-même. Je suis donc doublement coupable. Il veut me détruire et n'y parvient pas : l'amour me donne une force imprévue. Retourner contre moi cette force, utiliser mon amour pour me réduire à l'abjection, c'est ce qu'il a fait. Moi aussi je croyais que cela me détruirait ; or je vois que plongée dans l'abjection, je ne suis pas devenue abjecte.

Il me pousse à le haïr : ainsi je passerais dans son camp. La haine ravage celui qui l'éprouve plus sûrement que l'objet visé. Saint-Erre se détruit. L'opération se déroule sous mes yeux, très vite. Je ne puis l'arrêter.

Si je le hais, je suis détruite. S'il est détruit, je le suis aussi, puisque je l'aime. Je ne peux donc que continuer à l'aimer, sans calculer les conséquences. J'ai mis les vêtements de Finette : coton grossier, laine rêche et sabots. Elle n'est pas restée près de moi assez longtemps pour que je lui donne mes vieilles affaires. Mais les siennes me blessent moins que je ne l'aurais cru. Je l'habille, je la coiffe, je l'assiste. Cela m'occupe et même m'apaise. Autour, c'est le désert : les domestiques sidérés se cachent.

Ils dînent ensemble. Saint-Erre devant moi la caresse d'autant plus volontiers qu'il la battra ensuite. Je les sers à table. Il fait comme si je n'existais pas, comme avec Finette quand elle était à ma place – c'est-à-dire la sienne, la sienne d'avant : tout est embrouillé...

Et moi j'existe toujours. Je ne suis plus la maîtresse de Finette ; mais, asservie, je deviens la maîtresse de moi-même.

Clara

*
*   *

Ma chère Agathe,

Saint-Erre m'a dit :

– Finette est votre maîtresse, mais elle est aussi la mienne, n'est-ce pas amusant ?

Content de cette saillie il m'a laissée aux pieds de ma servante, à lacer ses (mes) souliers. Finette me jeta un regard d'appréhension. Depuis que je suis à ses ordres, jamais je n'ai vu sur le visage de cette fille la moindre expression de revanche. Jamais elle n'a eu de parole cruelle, ni tenté d'augmenter mon abaissement. Je ne sens pas chez elle d'orgueil à être servie. Elle s'y prête si simplement que j'ai l'impression d'accomplir les tâches naturelles du jour.

Saint-Erre a perçu cette entente :

– J'ai fait d'elle ma maîtresse parce qu'elle se laisse battre. Et de vous qui refusez mes coups, j'ai fait la servante. Le vie est pleine de ces ironies. Vous m'avez rejeté...

– Je vous ai aimé !

– Encore ! Mais ce que vous appelez de l'amour, je l'appelle le refus de l'amour, l'incompréhension de l'amour ! Vous vous targuez d'un savoir dont je serais privé. Mais les ténèbres où je me tiens sont éblouissantes, en comparaison de ce brouillard que vous appelez clarté. Vous êtes mal nommée, Clara, et Finette l'est bien : elle est plus intelligente que vous. Que gagnez-vous à me défier ? Ne voyez-vous pas que vous perdez tout ?

Il sortit. Je me tenais toujours aux pieds de Finette. Levant les yeux je rencontrai les siens. Aucun triomphe n'y brillait.

– M'aimes-tu toujours ? demandai-je.

Quand nous étions seules, nous parlions comme avant.

– Plus que jamais.

– Et lui, le hais-tu encore ? Réponds franchement.

– D'abord, je lui en ai voulu. Je le croyais mon ennemi. Mais il n'a d'un maître que l'apparence. Il est perdu, c'est pourquoi il affirme sa tyrannie.

Elle hésita, puis :

– Vous voyez bien ce qu'il nous enseigne : tout n'est que semblant. On est ce que les autres veulent qu'on soit.

– Soi-même, ne peut-on rien, ne décide-t-on rien ?

– Les autres sont trop nombreux et nous habitent. Quand on croit qu'on leur dit non, au fond de soi on leur dit oui.

– Aimes-tu Saint-Erre alors ?

– Pas comme vous l'aimez. Ni comme je vous aime. Mais puisque je ne le hais pas, je l'aime peut-être un peu. C'est forcément l'un ou l'autre; l'indifférence n'est qu'un bandeau qu'on se met sur les yeux. Je l'aime comme j'aime tout le monde. Lorsqu'il m'a fait passer de l'état de servante au rôle de maîtresse, la haine m'a quittée. Je ne hais plus ni lui ni personne.

– Il t'a donc rendu service ?

– D'une certaine façon, oui ; il ne peut pas s'en empêcher. Il veut faire le mal mais le bien sort malgré lui.

– Mais il te bat...

– Je vous l'ai déjà dit, vous ne devriez pas faire une telle affaire de ses coups. Il n'attaque pas, il se défend : il souffre de tout, et croit que le monde entier le frappe. Ce n'est qu'un enfant quand il bat. Vous le savez et pourtant vous le voulez grand... Servante ou maîtresse, je n'ai pas changé, vous non plus. Je suis toujours Finette et vous Clara. Il espère que vous le comprendrez le plus tard possible. Il cherche à vous embrouiller, par crainte de perdre l'emprise qu'il a sur vous.

Voilà pour aujourd'hui. Ces fausses lettres se transforment en journal. Moi qui ne pouvais en tenir un un... Te souviens-tu de mes tentatives enthousiastes, qui s'arrêtaient après quelques pages ? Un journal, c'était de moi sur moi et pour moi. J'ai si peu de centre que je dois tourner autour de quelqu'un d'autre sous peine de ne pouvoir bouger...

Clara

*
* *

Ma chère Agathe,

C'est la dernière fois que je t'appelle « ma chère Agathe ». C'est la dernière fois que je t'appelle. Quelque chose me dit que c'est inutile, et que nous ne nous reverrons plus.

Les propos de Saint-Erre m'avaient ébranlée, mes nerfs étaient échauffés. Un tour de parc me raffermirait. Pendant que je marchais, il se passa quelque chose. Je serais bien incapable de l'expliquer ; ce fut comme si le monde avait changé de couleur. L'instant précédent, je souffrais terriblement ; je me précipitais contre des murs. Et soudain, je ne souffrais plus ; tout m'était devenu indifférent. J'avais laissé le doute derrière moi, car le mot espoir n'avait plus de sens. En rentrant j'appelai Finette :

– Nous ne pouvons continuer ainsi. La comédie est finie.

– Je voulais vous aider, mais je vois que c'est pire, acquiesça-t-elle en se tordant les mains.

– Sors la robe ivoire. Je veux la mettre.

– Vous n'avez plus peur de lui ?

– À quoi bon avoir peur puisque le pire arrive toujours ? La peur est mauvaise conseillère. Je ne l'écouterai plus.

– Je vous rends la robe bleue ?

Elle parlait de mon taffetas couleur de nuit, qui l'embellissait.

– Garde-la, elle te va mieux qu'à moi. Nous ferons ce qu'il voudra mais cela ne nous touchera plus. La nécessité, qu'y pouvons-nous ?

*
* *

Je me présentai au souper soulagée d'avoir quitté mes habits de souillon. Saint-Erre me voyant fronça le sourcil. Je m'assis.

– Je reprends ma place. Vous me battrez tout votre content plus tard.

Finette ne parut pas. Elle guettait derrière la porte. Le rôti était sur la table et je me servis. Il fit de même et commença à manger, comme si je n'avais rien dit.

– Je suis votre épouse et servante et je ne vous défierai plus. Faites de moi ce que vous voudrez.

Il reposa la cuisse qu'il dévorait :

– Je veux que les choses restent comme elles étaient. Elles me conviennent ainsi.

Je ne pouvais pas croire ce que j'entendais.

– Mais vous me reprochiez... Vous vous plaigniez...

– Je reprochais, je me plaignais, j'avais tort. Vous me l'avez bien fait comprendre. Vous m'avez converti, je vous obéis. Je vous respecte : j'en bats une autre. Habillez-vous comme vous voudrez, puisque ce n'est plus vous que je fous.

– Ce jeu n'aura donc jamais de fin... Vous ne me respectez pas, puisque je vous demande de me laisser reprendre ma place, et que vous le refusez.

– Je ne refuse rien, vous soupez en face de moi. Vous êtes ma femme, je ne dois pas vous battre. Il en faut une autre pour cela, j'en avais une autre. La mascarade m'amusait plus que la fustigation elle-même ; toutefois nous ne devons pas nous installer dans la routine. Je trouverai autre chose. Finette peut sortir de sa cachette.

Finette parut, portant la robe bleue et se mordant les lèvres.

– Finette, je ne te battrai plus. Tu n'es pas ma femme, mais si tu en occupes la place, tu finiras par le devenir. Cette robe te va aussi bien qu'à Clara. Ajoute un couvert, dîne avec nous. Ce poulet est excellent. Qu'y puis-je si j'ai deux épouses ? Je fais de mon mieux mais c'est si compliqué ! Je perds mon bon sens, les femmes me rendent fou.

Finette se jeta à ses pieds.

– Je ne peux pas, Monsieur, non, je ne peux pas !

– Qu'est-ce que tu ne peux pas ?

– Souper avec vous !

– Tu l'as fait hier, et les jours d'avant...

– Pas avec Madame !

– Tu voulais bien qu'elle te serve ; maintenant, la voilà à table, et toi aussi. De quoi te plains-tu ?

– Mais vous me battiez !

– Eh bien, justement : j'ai dit que je ne te battrais plus !

– J'ai pris la place de Madame pour l'empêcher d'être battue ; c'était ma seule excuse !

Elle sortit en courant. Sentant sa détresse, et je voulus la rattraper ; mais Saint-Erre m'en empêcha.

– Une servante fait un caprice, vous y cédez, elle vous fait courir ! Je lui offre ce qu'il y a de mieux, elle le refuse ! L'avenir s'annonce difficile. On ne peut pas éduquer le peuple. Les domestiques, quoi qu'on fasse, sont des domestiques. Ma tentative a échoué, je me suis trompé en tout. Je prenais Finette pour un terrain neuf, et facile à réformer. Par contre je pensais ne pas venir à bout de vous. Mais je vois que j'y suis trop bien arrivé. Je vous ai brisée. C'est comme si Finette était vraiment devenue la maîtresse, et vous la servante. C'est délicat d'arrêter les choses à point...

Je me retirai dans la chambre bleue. Je ne dormirais plus dans la cave, à quoi bon ? Finette ne se montra pas. Tout en cédant, je n'avais pas cédé. Cette pensée me permit de m'endormir.

Je fus réveillée par un bruit de chevaux. Je crus que Saint-Erre rentrait d'une expédition nocturne. Mais sa voix se mêlait à une autre que je n'avais jamais entendue auparavant, et qui me parut pourtant familière.

Je passai le châle abandonné par Finette sur ma chemise et me rendis dans la chambre rouge. Une femme était allongée sur le lit. Bien qu'amaigri par la maladie, le visage était celui de la miniature noyée. Elle portait un costume de voyage de l'exacte nuance de la robe brûlée. Saint-Erre assis dans le fauteuil lui tenait la main. Ils se souriaient dans une entente solide et paisible, un tableau touchant. Lucie ne semblait pas la tante de Saint-Erre mais son épouse. Je me demandai ce que je faisais là. Saint-Erre me vit et me fit écho :

– Que fais-tu là ? Pars, je n'ai pas besoin de toi.

J'en restai figée sur place. Lucie me regardait. Ses yeux profonds disaient une grande lassitude.

– Qui est cette fille ? demanda-t-elle à Saint-Erre.

– Clara, la nouvelle servante.

Il me toisa avec menace.

– Taisez-vous ! s'écria-t-il.

– Elle n'a rien dit ! Et vous lui dites vous ? s'étonna Lucie.

Il s'embrouillait dans ses manigances. Lucie le désarçonnait.

– Si je ne lui dis pas de se taire on ne pourra plus l'arrêter, continua-t-il. Elle ne connaît pas sa place. C'est la fille d'un curé de village...

Je me sentis rougir. Lucie s'adoucit.

– Voilà pourquoi tu n'as pas l'air d'une paysanne ! me dit-elle. Approche !

La menace de Saint-Erre m'empêchait de bouger.

– Ne la regardez pas ainsi, lui dit Lucie, vous l'effrayez !

Un sourire rêveur flottait sur ses lèvres.

– L'aimes-tu ? demanda-t-elle.

Je rougis encore plus. Saint-Erre se ramassa comme pour bondir. Lucie posa une main sur son bras et l'arrêta.

– Tu as raison, dit-elle en réponse à mon silence. Il faudra beaucoup l'aimer. Cela ne suffit jamais.

– Et nous, m'écriai-je, qui nous aimera ?

– Pars ! siffla Saint-Erre.

Je quittai la pièce. Dans l'escalier qui menait au sous-sol, je chancelai. La chandelle roula et s'éteignit. Je descendis à tâtons. Une lueur éclairait le fond du passage. La cave de Finette était ouverte. Elle m'y attendait et se précipita dans mes bras. Je m'assis avec elle sur la paillasse, essuyant ses larmes du coin de ma chemise.

– Elle est revenue, hoquetait-elle, elle est revenue !

– Tant mieux ! Il l'adore, nous le gênons. Il nous laissera tranquilles.

– N'êtes-vous pas jalouse ?

– Je l'étais avant. Plus maintenant.

– Elle n'est pas chez elle ici !

– Ce château est le sien.

Finette se redressa :

– Les châteaux ne sont pas à ceux qu'on croit !

Une lueur nouvelle dans son regard me mit mal à l'aise.

– Qu'avez-vous fait du portrait ? demanda-t-elle.

– Lequel ?

– Vous le savez bien !

– Pourquoi veux-tu ce médaillon ?

Elle prit l'air sombre et buté.

– Pour jeter un sort !

– Un sort ? À qui ?

– À la tante ! Qu'un charme l'éloigne ! Qu'elle parte et nous laisse à nos affaires !

– Étions-nous à nos affaires avant son arrivée ?

Son regard se durcit encore. Je compris que oui, à son affaire, elle l'était.

– Tu es donc sorcière pour parler de charmes ?

– Je suis née du péché. Pour moi tout est à l'envers.

Ses yeux étaient comme deux fentes. Voilà pourquoi Saint-Erre l'avait mise près de moi. Elle m'aimait, mais elle était de son côté.

– La miniature est tombée de sa poche et a glissé dans l'étang. On ne la retrouvera jamais.

Une flamme rouge dansa dans ses prunelles. Je pris peur.

– Recouche-toi. La nuit sera courte, nous aviserons demain.

Elle me regarda partir à regret.

– N'avez-vous plus besoin de moi ?

– Dors.

Je me tournai et me retournai dans le lit de la chambre bleue. Un coq chanta, que je n'avais jamais entendu avant. À travers les rideaux la nuit devenait mauve. Je sombrai dans l'oubli.

*

* *

Je fus réveillée par des cris. Ils venaient de l'extérieur, devant la maison, des cris de femme, violents. Je reconnus le nom de Finette.

Je me précipitai dehors. C'était la fille de cuisine, Céline, qui criait. Ses « Finette, Finette ! » déchiraient l'air. Je vis Florent courir vers l'étang. La fille cessa de crier, il se fit un grand silence. Florent entra dans l'eau, Saint-Erre le suivit. Une masse sombre flottait. Je courais toujours, l'étang me paraissait très loin. Florent plongea trois fois. Saint-Erre et lui tirèrent de l'eau la lourde masse devenue blanche. C'était un corps et c'était le corps de Finette.

Florent l'étendit sur l'herbe. Il se coucha près d'elle, il la serrait contre lui et il répétait qu'elle était morte.

Saint-Erre, ses vêtements dégouttant d'eau, me vit approcher. Il me saisit la main.

– Florent a eu du mal à la dégager. Sa robe s'était accrochée à une racine du fond.

Sa robe, c'est-à-dire la mienne. Un fragment de soie bleue déchirée flottait près du bord. Presque nue, blanche comme l'albâtre, Finette ressemblait à une de ces nymphes dont le peintre voulait orner le mur de ma chambre.

Florent se releva.

– Elle serre quelque chose dans sa main, dit-il.

Il eut du mal à ouvrir les doigts de la noyée. Finalement la miniature tomba dans l'herbe. Saint-Erre s'en saisit, ses yeux allaient du portrait à Finette.

– C'est elle qui l'avait volée !

Le visage de Lucie était presque effacé par l'eau. Finette n'avait rien volé. Mais je ne pouvais pas le dire.

– Pourquoi l'a-t-elle emmenée dans la mort ? demanda-t-il encore.

Je ne pouvais rien dire de cela non plus. À genoux par terre je répétais en pleurant :

– Elle voulait être votre femme pour le pire et me laisser le meilleur. Elle en est morte.

Saint-Erre tenta de me relever mais je m'échappai. Sa méchanceté semblait partie comme elle était venue, chassée comme des nuages par un vent d'été. Mais je ne pouvais supporter qu'il me touche.

Il cria :

– Il ne reste rien, tout s'est effacé !

Dans sa main le cadre terni de la miniature était vide. L'air avait achevé le travail de l'eau.

Je sentis une ombre sur mon dos. Lucie se tenait derrière moi.

*
* *

Je veillai Finette toute la journée et toute la nuit. Le lendemain nous l'enterrâmes sous l'orme, au bord de l'eau, là où nous restions assises en cousant. Je pleurais tout le temps ; il me semblait que je pleurais mon enfant.

Lucie repartit ce même jour sans m'avoir revue. À Bordeaux, elle embarquerait sur le prochain navire à destination de l'Amérique. Regardant Saint-Erre, je sus qu'elle avait tout compris. Il avait perdu ce qu'il avait de plus cher, et le diable l'avait quitté. L'amour se tricotait en lui avec le démon. L'amour se retirant, le démon se retirait aussi, et Saint-Erre restait vide.

*
* *

En fin de journée j'ai été prise d'un vertige. Je m'étais sentie si proche de Finette, par cette inversion des rôles, que je crus disparaître aussi. Je marchais au bord de l'étang, il me semblait que je me promenais avec elle. Les eaux noires m'accueillaient, le reflet de Finette se découpait dans leurs profondeurs. Mon ombre le recouvrait. Finette était partie par erreur. L'une de nous était de trop, et c'était moi. J'avais perdu ma raison de vivre, qui était d'être toujours contente de tout, malgré tout. Elle avait emmené cela avec elle et je devais peut-être la rejoindre. Je savais qu'elle n'était plus dans l'eau, j'avais entendu le bruit mat de la terre sur le cercueil. Pourtant son esprit flottait dans le miroir obscur et m'invitait. Qu'est-ce qui me retenait encore puisque le combat dont je voyais maintenant que c'était celui de ma vie, une revanche sur les désillusions, les vexations et les perspectives bouchées, je n'avais plus la force de le mener, que je ne le souhaitais même plus ?

J'avais ce que j'avais voulu. Je restais seule face à Saint-Erre dont je distinguais la silhouette sombre à l'autre bout du parc, où il s'éloignait suivi de ses chiens. Lucie ne reviendrait jamais, sa robe rouge ne hanterait plus Forsages. Saint-Erre ne pourrait pas continuer le jeu, Finette avait défait cela en partant. Le charme avait opéré au-delà du possible et je me demandai si, là où elle était, elle le savait.

Je me penchai à nouveau sur l'étang et je crus voir quelque chose bouger. J'ôtai mes chaussures et mes bas, relevai mes jupes et entrai dans l'eau. Elle était glaciale. Mes pieds s'enfoncèrent dans une boue visqueuse qui m'attirait au fond. Quelque chose s'enroula autour de mes jambes. Je trébuchai, je me dis :

– Elle m'appelle, elle me veut, je me noie comme elle, avec elle.

Terrorisée, je plongeai une main dans l'eau pour me dégager. Je saisis la chose qui m'entravait. C'était la robe bleue de Finette, qui avait été la mienne et qu'elle portait quand elle s'était noyée. Des algues collaient au tissu lourd et glacé. Il semblait venir de beaucoup plus bas que le fond de l'étang, d'une région inférieure et désolée, d'une partie très lointaine, inversée du monde. J'étais à deux pas de la rive, pourtant je crus que je n'aurais pas la force d'y retourner. À nouveau je vacillai et faillis tomber. Je compris que j'avais le choix, et ce choix ne durerait qu'un instant. Je revenais ou je restais pour toujours. Je lâchai la robe. Ce n'était pas Finette, ce n'était que la robe. En tombant elle enveloppa encore mes jambes pour m'entraîner. Je regardai le ciel et les arbres. Cette force amie qui n'apparaît qu'aux moments difficiles surgit et me souleva. Elle m'arracha au monde de Finette. En deux bonds je fus sur la rive.

Je m'écroulai sur l'herbe en grelottant. Si Finette avait été là, elle serait venue me chercher, m'aurait enveloppée de son châle. Mais Finette n'était plus là, elle était sous terre, moi j'étais dessus. Je me suis évanouie dans la stupeur. J'ai disparu, non pas dans l'eau, mais dans l'absence que cette eau figurait. Quand je revins à moi, la nuit tombait.

*
*   *

J'ai eu ce que je n'aurais pas cru avoir, je ne suis plus contente de rien, je n'ai pas su m'y prendre et ce que j'avais je l'ai perdu. Finette avait cette force que l'amour m'a ôtée, cette force négative, et elle a pris ma place au fond de l'eau. Un amour qui ne me rend pas heureuse et qui ne rend pas heureux son objet est un amour inutile. J'aurais pu disparaître moi aussi sans qu'on s'aperçoive de mon absence. Finette occuperait définitivement ma place et je serais délivrée d'un combat qui m'épuise en vain.

Penché au-dessus de moi Saint-Erre me secouait. Je refusais de bouger.

– Vous ne pouvez pas rester ici. Vous allez prendre froid, il faut rentrer.

– Vous ne comprenez vraiment pas, dis-je, vous ne comprenez rien... Vous n'avez jamais rien compris...

Cela n'a aucune importance, cela n'en a jamais eu... Le peu que cela en avait, vos manœuvres l'ont anéanti... Vous m'avez brisée, oui, vous m'avez brisée. Je ne suis plus celle que j'étais, pourtant je suis encore là. De cette cassure autre chose a surgi, qui vous est étranger et qui est étranger à celle que j'étais. Et pourtant, c'est moi, c'est toujours moi. Et cela n'a aucune importance, n'est-ce pas, parce qu'on est toujours étranger à soi... Et cela m'est égal, vraiment, oui, cela m'est complètement égal...

Saint-Erre s'agenouilla sur l'herbe et m'adossa à lui, mais je retombai. Et je pleurais, je pleurais très violemment, je pleurais comme je n'avais jamais pleuré. Comme si le ciel m'entendait, la pluie pleura avec moi, et je pleurai encore davantage.

– J'aimais Finette, oui, je l'aimais, et nous l'avons détruite. C'était trop lourd pour elle, elle s'est trouvée piégée dans nos querelles. Elle était entre nous, jetée de l'un à l'autre, comme un objet que nous nous renvoyions, parce que nous ne savions pas nous aimer. Elle courait de vous à moi en essayant de donner à chacun ce qui lui manquait. Elle nous aimait. Sans doute, maintenant, là où elle est, je lui fais horreur et vous aussi, est-ce là ce que vous vouliez ?

– Les pauvres meurent pour rien. Vous aimiez trop cette fille. Mes soupçons sont-ils justes, lui avez-vous voué une passion dénaturée ? Vous disiez m'aimer, moi, est-ce là votre bel amour ?

– C'est vous qui êtes dénaturé, et vous dénaturez tout à votre image... Vous mesurez tout, vous réduisez tout. L'amour quand on le limite dépérit, et c'est bien ce que vous voulez, qu'il dépérisse... Oui je vous aimais, mais mon amour aussi vous l'avez détruit. Vous ne réclamez de l'amour que pour avoir quelque chose à tuer. Vous n'aimez rien, vous ne supportez rien et moi non plus je ne peux plus vous supporter...

Je pleurais si fort que je ne parvenais plus à parler. Tout ce que j'étais, tout ce que j'avais été s'en allait avec mes larmes. Je me vidais, il ne restait rien, pourtant j'étais toujours là. Puis mes larmes mêmes se tarirent : je n'avais plus d'eau.

La pluie cessa, à nouveau le soleil brillait. Sortant de mon aveuglement, je vis Saint-Erre en face de moi. Une expression nouvelle se peignait sur son visage. Je le regardais, il me regardait. Il était sans méchanceté, sans désir de séduire et de piéger. Il sentait que je ne l'aimais plus et il était délivré. J'avais voulu le guérir avec mon amour et je ne l'avais que poursuivi, il s'était senti persécuté. Nous n'avions rien compris l'un à l'autre. Cela ne cesserait jamais, aucun effort ne dénouerait cela. Quelque chose nous avait réunis, mais cela n'avait pas suffi.

*
*   *

Je couchai ma robe de mariée dans la malle qui m'avait suivie à Forsages. Je n'emporterais rien d'autre, d'ailleurs je ne possédais rien. La robe était la preuve qu'il s'était bien passé quelque chose : j'avais presque réussi à vivre.

Saint-Erre me regarda faire en silence. Je demandai la voiture et j'y montai. Il me suivit, blanc et très calme. La main sur la portière il me demanda si je rentrais à Orcelles, je répondis oui. Il demanda quand je reviendrais, je pensai « jamais » ; le mot ne put passer mes lèvres. Le visage de Saint-Erre changea, il avait compris. Il avait son air d'enfant perdu, je m'endurcis. Finette elle aussi était perdue, perdue pour toujours, et mon amour pour Saint-Erre s'était noyé avec elle.

Il me demanda si je ne croyais pas prudent d'attendre au lendemain : la journée était déjà avancée. Je répondis non, je m'arrêterais le soir dans une auberge afin de reposer les chevaux. Le cocher était celui qui nous avait conduits le jour des noces. Je repartais comme j'étais venue, mais en venant je ressentais trop ; maintenant, d'avoir trop ressenti, je ne sentais plus rien. J'en étais soulagée, il me semblait relever d'une maladie. La fièvre avait disparu mais j'étais très affaiblie, dans une zone grise entre la vie et la mort ; pourtant quand même du côté de la vie. Je ne souffrais plus et ce n'était pas bon signe, pourtant je m'en réjouissais. Si le reste de ma vie s'écoulait dans cette indifférence, ce serait le mieux qui pût encore m'arriver ; j'en remerciai Dieu.

*

* *

Nous avions à peine parcouru une lieue quand nous vîmes venir à nous une troupe agitée. Des paysans brandissaient des bâtons et des fourches. Ils étaient nombreux à nous barrer la route et nous dûmes nous arrêter. Ils entourèrent la voiture en vociférant. L'un d'eux ouvrit la portière et me tira dehors. Il hurlait :

– C'est elle qui l'a tuée !

Son visage, très près du mien, était à demi dévoré par la cicatrice d'une affreuse blessure. Mais déjà d'autres mains s'agrippaient à moi, me tiraient les cheveux, arrachaient ma robe. Je crus que j'allais mourir sans savoir pourquoi. Alors une voix s'éleva plus fort que les autres :

– Lâchez-la. Nous ferons un tribunal ; elle aura un jugement équitable.

La foule s'écarta, je tombai à terre. Les hurlements se muèrent en murmures furieux. Une silhouette se pencha sur moi et me tendit la main. C'était le peintre.

Il m'entraîna jusqu'à une masure proche. Les autres suivirent et ne grondaient plus. On m'assit, on me donna de l'eau ; je rajustai du mieux que je pus ma toilette qui partait en lambeaux. Une partie de la foule s'entassait dans la masure. La présence du peintre me rassurait. Mais il avait perdu son air doux et pensif. Il était sévère, tendu. Je voyais que les autres lui obéissaient, mais qu'il effectuait un constant effort sur lui-même pour leur faire sentir son ascendant ; à tout moment la meute pouvait redevenir sauvage.

On m'accusait d'avoir tué Finette. Je niai, on ne m'écouta pas. Je vis que le peintre me croyait, mais qu'il craignait de paraître mon ami. La foule voulait un coupable, et m'avait sous la main. J'étais étrangère au pays et cela nourrissait le soupçon. Ma réclusion dans la seule compagnie de Saint-Erre et de Finette me désignait ; mon amitié même pour ma servante me rendait suspecte.

L'homme dont la cicatrice mangeait le visage me regardait avec plus de haine que les autres. Il était jeune et sans sa blessure il aurait été beau, ce qui rendait sa laideur plus terrible encore. Son regard avait quelque chose de familier. J'appris qu'il s'agissait du demi-frère de Finette ; à l'annonce de sa mort, il était venu de son village demander justice.

Je dus raconter comment Finette était arrivée chez nous ; je parlai de Florent. Le peintre se saisit de l'idée :

– Interrogeons Florent ; il était sur place, c'est le cousin de Finette ; lui nous dira la vérité.

– Oui, gronda la foule. Tous au château !

Assaillir Forsages leur plaisait plus que de m'écouter balbutier. Ils se détournèrent et sortirent de la masure. Je crus que j'étais libre. L'un d'eux pourtant revint en arrière :

– Et elle, qu'est-ce qu'on en fait ?

– Il faut l'enfermer, qu'elle ne nous échappe pas, et on verra quand on aura parlé à Florent.

– Non, dit un autre, prenons-la avec nous. Nous interrogerons Florent, et d'autres domestiques du château ; nous verrons ce qu'ils diront, et ce qu'elle répondra.

– Bien, conclut le peintre, c'est la meilleure façon, emmenons-la.

Je me demandai, au milieu de mon ahurissement, si le peintre, que j'avais pris pour un allié, n'était pas en fait mon ennemi. Il me saisit par l'épaule et me poussa devant lui rudement. Je levai les yeux pour demander de l'aide au ciel ; le firmament était bleu comme une écharpe de Marie derrière la dentelle des arbres. J'en fus saisie, car la haine et la colère m'enveloppaient comme un grand manteau noir. Jusqu'ici cette haine et cette colère n'avaient paru émaner que de Saint-Erre, maintenant le monde entier la partageait. On me ramenait au château, et donc vers lui. C'était ma mort qu'on voulait, et pas seulement mon humiliation. Je rejoindrais Finette comme j'en avais eu la tentation ; tout me rendait à cette noirceur que j'avais tenté de fuir. Je ne pouvais m'empêcher de me sentir coupable. On ne m'accusait pas complètement à tort : c'était en partie son attachement pour moi qui avait tué cette malheureuse fille. Son attachement mais aussi son intérêt ; les deux s'ajoutaient et formaient ce qu'elle appelait sa « bonne place ». Elle avait été prise dans les mailles sombres du filet qui nous enveloppait Saint-Erre et moi, elle s'y était enfoncée ; c'était là sa bonne place, la pauvre petite ; sa bonne place l'avait menée dans l'étang.

Nous marchions ; on m'avait lié les mains dans le dos. Au loin parurent les grilles du château. Je me revis le soir de mon arrivée, dans la voiture et les bras de Saint-Erre. À demi endormie, j'avais aperçu, entre les chênes, les volutes de ferronnerie se découper sur un ciel indigo, qu'une lune d'opale éclairait. Aujourd'hui comme alors les corneilles croassaient, décrivant leurs arabesques au-dessus du toit. C'était en plein jour, pourtant la nuit semblait maintenant plus dense et profonde.

Le grondement de la foule, qui s'était calmé, s'amplifia de nouveau. Il était proche et cependant sourd comme un orage distant. Tout m'était redevenu indifférent, je m'en félicitai. On me condamnerait, ce serait bien ainsi. Je mourrais comme Finette, je la rejoindrais pour toujours. Nous étions pareilles, tout s'abolirait.

Nous passâmes les grilles. La foule se précipita, me renversant au passage ; les mains liées, je peinai à me relever. Florent, penché au-dessus de moi, arborait un sourire de revanche.

– Ce n'est pas la peine de courir, dit-il, vous n'iriez pas loin.

À l'intérieur, j'entendis des cris, des bris d'objets. On cassait tout, cela m'était égal.

– Je ne suis pas chez moi, me dis-je, je suis chez le marquis de Saint-Erre.

Cette pensée me rasséréna étrangement.

Le peintre revint, les cheveux en désordre et l'air inquiet.

– Vas-y, dit-il à Florent.

Ils se connaissaient, j'en fus surprise. Je me souvins de Florent la nuit de l'orage où Saint-Erre avait chassé le peintre ; d'une fenêtre il le regardait comme un chat errant, une bête qu'on ne laisse pas entrer dans la maison.

Florent ne bougea pas.

– S'ils cassent tout, on ne pourra rien en faire, après, du château, insista le peintre.

Le visage de Florent se tordit dans un éclair de haine.

– On ne peut pas la laisser ici, dit encore le peintre.

Le plein soleil m'étourdissait.

Florent me regarda avec mépris ; c'était moi, maintenant, qui faisais figure de bête errante.

– Tu as raison, dit-il, je m'en vais la mettre en lieu sûr.

*

* *

Il me poussa vers une petite porte de côté, qui menait directement au sous-sol où se trouvaient les resserres et des chambres de domestiques. Je reconnus le couloir qui n'était même pas chaulé et le sol de pierre grossière. Il ouvrit la porte aux planches mal jointes. La pièce minuscule avec son vasistas en guise de fenêtre, sa paillasse et sa chaise dépenaillée m'accueillit. Je pensai au peintre. Je m'étais trompée, il y en avait un au moins qui se souciait de moi et qui ne voulait pas ma mort. Mais un, ce n'était plus assez et c'était trop tard. J'aurais eu besoin qu'on veille sur moi. Vraiment, qu'on veille sur moi. Mais je m'étais diluée en Saint-Erre et en Finette et même j'avais éclaté : il y avait de petites traces de moi partout, dans la terre, l'herbe, le bleu du ciel, la vapeur des nuages et la pierre des murs. Et c'était trop tard pour me rassembler, trop tard, il y avait trop d'éclats, et je ne m'y reconnaissais plus.

Florent me fit à nouveau son mauvais sourire, puis il ressortit et tourna la clé dans la serrure. Le salpêtre dessinait sur les murs un paysage avec des monts et des vaux et mes yeux voyageaient dedans. Je m'éloignais, je me perdais encore un peu plus, je n'avais plus rien d'autre à faire que de me perdre. Finalement je tombai sur la paillasse et je pleurai longtemps.

*
* *

Je frottai inlassablement mes poignets l'un contre l'autre. La corde se relâcha enfin et je me libérai. Je cherchai quelque chose de Finette, un indice qui m'aiderait. Une pierre descellée faisait office de niche à la tête du lit. Une boîte de bois s'y logeait, comme celles qu'on trouve chez les confiseurs ; une odeur d'épices s'y attardait. Elle recelait un cahier fait de feuilles reliées avec du fil à broder. Je reconnus mon papier à lettres. Il y avait aussi un encrier et une plume, que je m'étais étonnée d'avoir égarés.

Finette avait inscrit son nom sur la couverture, d'une écriture maladroite et baveuse : « Finette Poisnard ». À l'intérieur, une seule page était commencée :

« Ceci est mon journal. J'ai une bonne place,

on me traite bien. Lui c'est un homme ; elle, elle est bonne. *Il faut que je reste.* » La tentative s'arrêtait là.

Finette lisait donc ce que j'écrivais. Elle m'imitait comme elle pouvait. Elle menait sa vie pelotonnée dans mon ombre, au point d'effacer la sienne. Et c'était comme si, pensant à elle, elle avait pensé à moi : le papier et l'encre reviendraient à leur première usagère, ils me permettraient de continuer ce récit. Je remis tout dans la boîte, qui retrouva son trou du mur. Si quelqu'un avait l'idée de l'y chercher, on penserait qu'il s'agissait vraiment du journal de Finette Poisnard ; même morte, elle me protégeait. C'était une ironie de la vie, une de plus, que son désir de prendre ma place me conduisît à occuper la sienne, logeant dans sa chambre, m'étendant sur son lit, écrivant sur son cahier et portant son châle, car dans la cave humide j'avais froid. Je préférais redevenir Finette, je ne voulais plus être Clara de Saint-Erre. Les hommes qui m'avaient escortée jusqu'au château étaient trop brutaux.

*

* *

Pour l'instant on me laisse tranquille. J'entends encore des cris par moments et deux fois, des pieds nus sont passés en courant devant ce qui me sert de fenêtre. Sinon tout est solitude et silence. Si on m'oublie, je mourrai ici. Alors je rejoindrai vraiment Finette. Dans ce lieu imprégné de sa présence, je pense constamment à elle. Je suis vouée à occuper toujours la place d'une autre femme et donc à ne jamais trouver la mienne. À tout prendre j'aime mieux être Finette que Lucie ; j'ai plus de liberté dans sa peau de servante.

Une odeur âcre atteint mes narines ; une fumée noire obscurcit le soupirail. Les cavalcades et les cris redoublent. On crie :

– Au feu !

Le château flambe. Je suis enfermée ici ; je mourrai brûlée.

*

*   *

Le peintre est venu me chercher et m'a entraînée dehors. Des flammes s'échappent de la chambre rouge. Je me réjouis de l'absence de Saint-Erre, qui l'épargne.

Il y a deux factions chez les paysans. La plus violente a mis le feu ; l'autre veut l'éteindre. Ont-ils encore un sentiment d'obéissance aux maîtres, ou veulent-ils sauver un domaine qu'ils croient maintenant leur appartenir ?

On fait la chaîne avec des seaux depuis l'étang. Les mains à nouveau liées, je suis impuissante. Mais l'incendie pris à temps s'épuise vite. Il y a un blessé, qu'on emmène sur un brancard, recouvert d'une couverture ; le peintre m'écarte.

– Ne regardez pas cela, dit-il.

– Voilà ce qui se passe quand on joue avec le feu, pensai-je.

C'est fini. Les vitres ont volé en éclats, mais la façade est à peine noircie. L'eau de l'étang, qui a tué Finette, a sauvé Forsages.

*

* *

J'ai eu ce qu'ils appellent un jugement. Dans la grande salle tout est dévasté. Ce qu'ils n'ont pas pillé ils l'ont détruit. Les miroirs brisés, les tentures arrachées et les tableaux éventrés jonchent le sol. Et cette odeur âcre qui plane sur tout et qui fait tousser...

Je fus surprise de voir Florent en situation de juge, et le peintre en position de commissaire. Dès mon entrée le même grondement m'accueillit. Quelqu'un cria « à mort », une autre voix reprit. Le peintre les fit taire.

À nouveau on m'accusa d'avoir tué Finette. J'y étais pour quelque chose ; sûrement pas comme on le disait. Je compris qu'aux yeux de Florent j'étais condamnée :

– Finette n'était pas fille à se noyer.

– Elle s'est noyée à cause d'une racine du fond où sa robe s'est accrochée, vous le savez bien.

– Une robe que vous lui aviez donnée.

– Suis-je coupable d'avoir donné ma robe ? Je trouvais qu'elle lui allait mieux qu'à moi.

– Qu'est-ce qui me dit que vous ne l'avez pas poussée dans l'eau ?

– Je n'étais pas dehors, je suis arrivée trop tard.

– Vous n'étiez pas dans votre chambre non plus.

– Je dormais dans la chambre bleue, j'aurais pu aussi bien être dans la cave de Finette, car nous avions échangé nos places.

Le murmure reprit. Florent était mal à l'aise ; il en savait trop et paraîtrait facilement complice. Le peintre prit le relais : il ne comprenait pas.

– Échangé vos places ?

J'hésitai. Ma vie tenait à ce que j'allais dire.

– Finette était devenue la maîtresse, et moi la servante. C'était un jeu.

L'homme à la cicatrice cria :

– Un jeu ? Pour se moquer d'une pauvre fille ? Comme l'Autrichienne à Trianon, avec ses moutons ?

Tous me huaient, tapaient du pied, montraient le poing. Je m'enfonçais. La haine me frappa comme un coup de pied. Je n'étais pas autrichienne, mais je n'étais pas du pays ; on me le ferait payer. Si on n'avait pas brûlé le château, on me brûlerait bien, moi...

Mais le peintre reprit le contrôle. Sa voix forte me surprit dans un visage si doux. Il avait à peine vingt ans. Ses boucles blondes tombaient sur son front et malgré le noir de fumée lui donnaient l'air d'un ange, mais l'expression grave et décidée était celle d'un homme. Quelque chose le soulevait au-dessus des autres : peut-être l'intuition d'une destinée.

– Ce n'est pas Finette qui a eu l'idée de ce jeu, c'est vous ?

– Ni elle ni moi.

– Qui donc alors ?

– Mon mari.

À nouveau la salle s'agita. Le cœur me monta aux lèvres. Qu'avais-je dit ? Saint-Erre pouvait revenir, d'un instant à l'autre, d'une de ses expéditions mystérieuses, sans savoir ce qui l'attendait. Le peintre m'avait sauvée, pourtant je pouvais encore mourir ; mais Saint-Erre ? Mon élan était brisé, pourtant quelque chose me liait encore à lui. Je comprenais maintenant que c'était le désir d'empêcher un désastre, l'arrêt précoce d'un trajet.

Et puis, si je ne l'aidais pas, Finette me le reprocherait. Un instant je la vis devant moi, avec ses yeux grands ouverts et l'eau de l'étang qui glissait sur sa peau. Elle était morte en tentant de nous réparer Saint-Erre et moi ; son sacrifice ne devait pas être vain.

– Qu'on amène le mari, dit le peintre.

Saint-Erre était donc là, ils l'avaient pris ! Florent quitta la salle, suivi du balafré. À nouveau les paysans hurlaient, trépignaient. Les deux hommes revinrent portant Saint-Erre sur un brancard de fortune. C'était lui, la forme sous la couverture. Il n'avait pas quitté le château en mon absence, comme je l'avais cru. Il n'avait plus de veste, sa chemise était déchirée ; une plaie saignait à l'arrière de sa tête ; il était immobile.

– Le citoyen Saint-Erre n'a pas repris conscience, dit le peintre.

À nouveau les cris :

– Il fallait le laisser griller !

J'allais me précipiter, quand un regard du peintre m'arrêta. Si je tentais d'aider mon mari, la foule pouvait redevenir meurtrière.

– Ne pas montrer d'amour, me dis-je. Ne pas le sentir. L'amour est devenu un crime.

Mais la poitrine de Saint-Erre se soulevait doucement ; il respirait.

– L'amener ici dans cet état, c'est cruel ! m'écriai-je.

– Il a tenté de s'enfuir quand on est venu l'arrêter. Il a fallu l'enfermer dans sa chambre. Quand le feu y a pris, il est tombé et s'est blessé sur le marbre de la cheminée.

– On a mis le feu parce qu'il y était ! m'écriai-je.

– Sa blessure n'est pas profonde... protesta le peintre.

Ainsi pendant qu'on m'arrêtait sur la route, une autre bande s'emparait de Saint-Erre. Menée par Florent peut-être, qui savait toujours où il était. La salle me regardait avidement : on attendait que je m'effondre. Et surtout, que je souffre. Et je ne voulais plus souffrir.

– Dans l'incapacité du citoyen à se défendre, c'est vous qui devrez tout expliquer, reprit le peintre.

– Y a plus de vous, faut lui dire tu ! cria le balafré.

Mais l'esprit de Baptiste s'élançait vers moi pour me donner de la force. Malgré les apparences, quelqu'un, ici, était de mon côté. Tout d'un coup je voyais très clair, mon intelligence était aiguisée et ma parole libérée. J'étais entre deux hommes ; je voulais en sauver un, l'autre voulait me sauver.

– Ce jeu était une expérience. Mon mari croit aux idées nouvelles ; il pense que le monde n'est pas dans son axe, et que les hommes peuvent l'y remettre.

La réaction fut favorable cette fois :

– C'est vrai ! À bas les privilèges !

Le peintre se tourna vers Florent :

– Le citoyen Saint-Erre avait-il de ces idées ?

– Oui, répondit Florent comme à regret ; c'est ce qu'il disait.

Le balafré s'acharna :

– Les petits messieurs à la mode haranguent volontiers mais n'agissent guère ; c'est que leurs privilèges, ils y tiennent trop !

La salle exulta ; le balafré regarda autour de lui, triomphant, et reprit :

– Assez d'expériences avec le peuple ; c'est toujours nous qui trinquons !

– Laisse-la parler, dit le peintre.

– Mon mari voulait s'assurer qu'une servante peut tenir la place de la maîtresse, et la maîtresse, celle de la servante. C'est pourquoi Finette portait ma robe, et moi son châle. Je la servais...

– Vous acceptiez cela ?

– Je voulais aider mon mari.

Le peintre me regarda d'un drôle d'air. Je me demandai s'il était dupe.

L'homme à la balafre protesta :

– On sait, Finette, ce qu'on lui faisait faire ici, quel genre de maîtresse c'était !

Détournant la vérité, je niais ma souffrance passée ; mais peu à peu elle s'estompait, parce que j'en faisais autre chose, que je l'avais décidé. Rien ne me démonterait plus ; désormais, je savais quoi dire :

– Finette tenait sa place, c'est-à-dire la mienne.

Nous nous retrouvions à égalité ; le soir d'avant sa mort, nous dînâmes tous trois...

Une fermière cria :

– Ils faisaient des parties fines, comme à Versailles !

Je regardai Florent :

– Tu sais, toi, que ce n'est pas vrai !

Florent voulait sa revanche. Mais s'il en révélait trop, il paraîtrait complice. Une lutte se livrait en lui. Il dit lentement :

– La citoyenne ne participait pas volontiers aux amusements de son mari. C'était une cause de querelle entre eux...

– Une aristocrate ne dîne pas avec sa servante sans une bonne raison, c'est-à-dire une mauvaise ! dit encore le balafré.

On me posait des questions et je répondais ; mais il me semblait que c'était inutile. J'aurais aussi bien pu me taire, mon raisonnement n'agissait pas sur l'hostilité de ces gens. Je glissais dans une eau noire. À quoi bon avoir raison ? J'étais fatiguée. Je voulais dormir... Je regardai Saint-Erre sur son brancard et je souhaitai être à sa place. Il avait toujours su se défendre des émotions... Mais cela se payait cher, car les événements terribles qui se déroulaient étaient d'une certaine façon le résultat de son jeu pervers. J'évaluai la salle, tous ces gens que je ne connaissais pas, avec leurs haillons et leurs rapiéçages, leurs corps maigres et tordus, et la rancœur qui les animait. Ils me dévisageaient avec une curiosité parfois stupide et parfois méchante. « Il y en a bien parmi eux qui ne sont ni l'un ni l'autre », me dis-je pour me donner du courage. J'avais beau me répéter cela, la bonté et l'intérêt, je ne les voyais nulle part. Je fermai les yeux, décidée à accepter ce qui viendrait. Mais un regard acéré du peintre me piqua comme une aiguille et me réveilla.

– J'avais une bonne raison, j'aimais Finette et Finette m'aimait. Je ne connaissais personne ici, elle était une sœur pour moi. J'étais heureuse de dîner avec elle. Je savais qu'une miniature de madame de Forsages, de la main du peintre Baptiste, était tombée par erreur dans l'étang, et je l'avais dit à Finette. Mon mari tenait à ce portrait ; elle a voulu le repêcher. Elle y est allée au petit matin...

– Elle l'avait dans la main quand on l'a tirée de l'eau, confirma Florent.

– Finette avait de l'instruction...

– À bas l'instruction, qui sert à opprimer le peuple ! interrompit le balafré.

– Silence ! s'écria le peintre.

– Qu'est-ce que je disais ! renchérit le défiguré. De l'instruction, il en a, Baptiste ; il sait dessiner et il sait faire taire aussi. Cela va ensemble !

Craignant que cela ne dégénère, je révélai :

– Finette écrivait un journal. Je sais où il est...

Céline, la fille de cuisine, qui dormait aussi dans une des caves du couloir, m'y accompagna. En chemin, elle pleurait.

– Finette était mon amie. C'est si triste... Et vous aussi, c'est si triste...

– Embrasse-moi, tu es une bonne fille. Tout cela n'a plus d'importance.

Elle me regarda sans comprendre et recula, craintive.

Le peintre lut le journal à haute voix : cela convainquit. Puis Céline demanda la parole et me défendit. Elle ne m'avait pas embrassée dans la cave, elle le faisait maintenant à sa manière ; je lui avais donné du courage. J'en profitai pour demander qu'on me rende le journal, car c'était tout ce qu'il me restait de Finette. On ne pensa pas que je pusse avoir une autre raison ; je le récupérai.

– Si vous voulez le château, conclus-je, prenez-le ; mais laissez-moi soigner mon mari.

Un murmure d'approbation vint des femmes.

– Les faits sont établis, dit le peintre ; nous allons délibérer.

Comme je quittais la salle, certains crièrent « à mort », et d'autres « relâchez-les ».

*
* *

On me reconduisit dans la cave, on y descendit aussi Saint-Erre. Le peintre referma la porte à clé, et nous fûmes seuls. Je déchirai un morceau du drap qui recouvrait la paillasse et le mouillai de l'eau du cruchon qu'on avait laissé là à mon intention, avec un morceau de pain. Je nettoyai et pansai la blessure à la tête. Effectivement elle était peu profonde, mais le choc avait suffi à provoquer cet état végétatif qui se prolongeait, semblable à un lourd sommeil. Il me sembla qu'il serait facile de le réveiller ; cependant j'eus beau l'appeler de nombreuses fois, je n'obtins en réponse qu'un léger gémissement, qui ne se reproduisit pas.

Je ne savais ce qu'il adviendrait de moi et du blessé. Le peintre avait moins de haine que ses compagnons ; cela rendait son influence incertaine. C'est ainsi que le monde va : la haine s'étale, et l'amour l'appelle comme la proie attire le fauve. Je comprenais ce que j'avais refusé de voir. Ma vie n'était qu'illusion, Saint-Erre avait tenté de m'éclairer. Ce n'était pas qu'il vît plus clair que moi, mais il voyait l'autre côté. Je m'étais tenue dans l'ombre, mais mon regard ne cherchait que la lumière ; à refuser de voir l'ombre, elle risque de vous envahir.

Il se protégeait toujours, abrité par des songes lointains. Je m'étendis près de lui sur la paillasse pleine de creux et de bosses. Elle était étroite, nous n'avions jamais dormi si près l'un de l'autre. Sa poitrine se soulevait toujours au rythme de son souffle ; mais quand je l'appelai encore, il ne répondit pas davantage.

*
*   *

Cette nuit-là Finette m'apparut en rêve. Elle était au pied de mon lit, une présence très douce. Elle s'approcha comme pour me prendre dans ses bras. J'ai dit :

– Merci d'être venue tout à l'heure.

Et elle s'est fondue en moi. Lucie était venue dans la chambre rouge, elle aussi avait tenté de me posséder ; mais Lucie ne s'est pas fondue en moi. Lucie est vivante, elle est partie au bout du monde : de ce monde-ci seulement. Elle ne voulait plus de son ancienne vie, mais quelque chose d'elle revenait hanter les lieux. Forsages était sa maison, Saint-Erre aussi lui appartenait ; il ne m'aimerait pas, parce qu'une part d'elle s'accrochait encore à lui : voilà ce qu'elle venait me dire. La robe c'était cela : Saint-Erre incapable de m'aimer parce que sa femme, c'était Lucie, et non moi ; il haïssait Lucie de ne pas être à ma place, et moi d'être à la place de Lucie.

Là où est Finette, il n'y a pas de vie nouvelle à construire. Tout est donné : tout ou rien. Elle traînait un regret. Les morts hantent les vivants pour finir un travail interrompu, réparer un tort béant. Finette voulait ma place : je l'accueille en moi désormais. Elle est devenue mon ange qui est aussi mon enfant, mon enfant qui est aussi mon ange. Plus jamais personne ne la battra. En moi je la caresse et je lui parle. Et le vide terrible qui m'habite, elle le comble en partie.

Le reste de la nuit j'ai pleuré dans une solitude infinie : car celle de Finette s'ajoutait à la mienne. Si on me tuait, il n'y aurait personne à qui léguer ce que j'avais compris. Je n'avais pas su protéger Finette, je ne l'avais pas aimée assez. Voilà pourquoi elle réclamait son dû.

Puis je pensai à ma mère et à mon père, et à Saint-Erre étendu près de moi qui vivait sans vivre. Eux non plus, je ne les avais pas aimés assez. Ils m'avaient négligée, mal comprise. Pourtant ces griefs n'avaient plus d'importance à ce moment où j'étais possédée par cette morte, où la morte en moi me préparait à affronter ma propre mort, où la mort paraissait une solution logique et presque souhaitable, et où elle semblait déjà investir le seul être qui fût encore près de moi, mon mari. Ce que je reprochais à Saint-Erre s'évanouissait désormais, tout ce qui comptait était que je l'avais aimé ; cet amour noir avait éclairé ma vie. Les moments qui m'avaient paru terribles avaient été les plus beaux, car c'étaient ceux où j'avais le plus aimé.

*

*   *

La porte s'ouvrit, le peintre entra et me dit que j'étais libre. On avait conclu à mon innocence ; quant à Saint-Erre on ne pouvait rien prouver.

– Vous pouvez rester, dit-il. On ne peut pas le transporter dans cet état, ajouta-t-il désignant Saint-Erre.

– Il faut appeler le médecin.

– Il n'y en a plus. Le médecin a eu peur et s'est enfui.

Il hésita, puis :

– Ne restez pas trop longtemps. Le pillage les a soulagés ; c'est pourquoi ils vous ont épargnés. Je ne réponds pas d'eux à plus long terme. Personne ne sait jusqu'où cela ira.

– De quel côté êtes-vous vraiment ?

– Je suis peintre itinérant. Je bats la campagne. Je ne connais que les chemins de la liberté.

En sortant il se retourna et dit :

– Tout est incertain ; mais je reviendrai.

Entendant son pas monter l'escalier, et se refermer la petite porte menant au dehors, je ne pus m'empêcher de me remettre à pleurer. Je pleure sans cesse depuis quelque temps, et ces larmes sont de très vieilles larmes. Elles formaient au fond de moi cette source secrète dont me parlait Agathe.

C'était une source d'amour, mais d'amour amer. L'amertume colorait ma vie de gris, mais j'y étais trop habituée pour m'en rendre compte. Et cette bonne humeur que j'affectais n'était que de la terre et des pierres destinées à ensevelir la vérité et à murer mon chagrin. Cette gaieté n'était pas gaie, c'était une plus grande tristesse encore ; il est moins triste d'être vraiment triste que faussement gaie.

*

*   *

J'écris dans la chambre rouge, assise à la table de toilette de Lucie, sur le cahier que Finette m'avait dérobé ; car ce qui me restait de papier a brûlé. Ils n'ont pas eu l'idée de soulever la portière, et le feu n'a pas atteint le cabinet. La robe brûlée y est toujours suspendue, mais l'esprit de Lucie l'a quitté ; la place est libre. C'est le seul endroit où je trouve assez de calme pour écrire.

La chambre bleue aussi a été épargnée ; ils ne sont pas allés jusque-là. Ils savaient que la chambre rouge avait abrité les amours de Saint-Erre et de Lucie ; tout le pays était au courant, et cela excitait l'esprit de vengeance. Mais je suis maintenant plus à l'aise dans la chambre rouge dévastée. Agathe l'avait prédit : les temps ont changé. J'espère que ce qui s'est passé ici n'a pas eu lieu chez elle ; j'espère qu'elle porte son enfant dans la paix. Car ce n'est pas une jacquerie qu'on noiera dans le sang, et qu'on oubliera parce qu'il n'y a pas de mémoire pour les pauvres. C'est le présage d'une chose immense. Les êtres trop sensibles sont des prophètes qui s'ignorent, ils vivent sans le comprendre les événements à l'avance et dans leur chair ; l'avenir avait investi Saint-Erre, percé sa cuirasse.

Non, cela ne finira pas. Ou plutôt cela finira car tout finit ; mais rien ne sera plus jamais comme avant. La chambre rouge ravagée est à l'image des temps. Ces temps dans lesquels nous devrons vivre, car je doute que nous en connaissions d'autres. Ce n'est pas seulement mon monde à moi qui s'écroule, c'est le monde tout entier ; ce qui se passe ici n'est que l'écho d'un ébranlement puissant et lointain. Lorsqu'on jette une pierre dans l'eau elle disparaît, mais toute la surface en est troublée. Quand elle redevient lisse, quelque chose a atteint ses profondeurs ; la boue a été remuée, les poissons ont fui.

*

* *

Par la porte du cabinet, je vois la chambre rouge, ou ce qu'il en reste. Le feu n'y a pris qu'à moitié : les tentures ont noirci, la pourpre est ternie. En tuant le feu l'eau a fini son travail. Sur le lit à demi mangé par ces deux bêtes ennemies, Saint-Erre semble figé dans l'éternité d'un conte funèbre. Pourtant, au vent qui passe par les vitres brisées, répond le souffle léger qui toujours l'anime.

Il y avait une grande gaieté dans cet endroit, et je ne la ressens que depuis qu'elle a disparu. Si je ne la reconnaissais pas auparavant, c'est qu'elle me faisait peur, car je ne pouvais y avoir aucune part. C'était une gaieté morte : celle des moments heureux passés dans ce lit, à l'abri de ces tentures, et dont le souvenir interdisait mon bonheur. Il ne m'en restait que l'écho d'un ancien théâtre.

Du moins, je le pensais. On se trompe souvent là où on est sûr d'avoir raison. Lorsque je me croyais le plus lucide, mon désir obscurcissait l'horizon.

*

* *

Mes doigts pressent sa main inerte. Quelque chose passe pourtant de lui à moi, encore, malgré tout, malgré le sommeil. Saint-Erre m'aurait aimée, oui, il m'aurait aimée. Il suffisait de lui en donner le temps. Et même s'il ne m'avait pas aimée, il m'aurait aimée bien, et cela suffisait. Parce que moi, je l'aimais, et c'est un très grand cadeau de pouvoir aimer. Il m'avait fait ce présent de mon amour pour lui. Je croyais que c'était empoisonné. Je croyais que je vivais l'enfer, et qu'il était le diable. Je vivais l'enfer mais c'était un enfer chaud. Je ne savais pas que je sortais d'un autre enfer, qui n'était qu'un enfer froid. Et je préfère avoir chaud que froid. On m'a dit que l'enfer se situe après la mort, mais on m'a trompée. L'enfer est ici-bas. Il y a des enfers attirants, ce sont quand même des enfers.

Ma pensée m'entraîne, alors j'irai jusqu'au bout. Le paradis aussi est ici et non là-haut. Cela ne veut pas dire qu'il n'y a rien là-haut : mais que ce qu'il y a là-haut est déjà ici. Nous ne devons pas refuser les joies du monde au profit d'autres qui viendraient après. Car nous ne savons rien de l'après, et nous sommes devant la vie comme des enfants qui n'appréhendent la vérité qu'à travers des contes. L'enfer nous appartient, le paradis nous appartient ; l'enfer et le paradis ne font qu'un. Quand on a compris cela, il n'y a plus ni enfer, ni paradis : il y a simplement la vie.

*

* *

Dans la chambre rouge dévastée je me suis cru seule à jamais. Saint-Erre s'obstinait dans son absence. Ce mariage était terminé, toute cette période était terminée. Où serait ma place désormais ? Conjurant ma crainte de la folie, je vérifiai mon existence dans la glace qui surmontait la cheminée. J'étais sale et décoiffée, et bien que Finette n'eût jamais été ainsi, il y avait dans mon apparence quelque chose de misérable et d'abandonné qui me l'a rappelée. Décidément elle était en moi, nous étions deux maintenant à nous battre.

Je me répétai que tout devait m'être égal ; sinon je serais submergée. Pour avoir été témoin de la souffrance de ma mère, pour ne pas devenir comme elle, j'ai enseveli ma souffrance au fond de moi et la joie aussi, car la capacité à éprouver a deux faces, et on n'a pas l'une sans l'autre. Quand Saint-Erre m'a rendu la capacité au bonheur, il m'a rendu aussi la douleur. Je l'en ai aimé et je l'en ai haï. Puis Lucie est revenue et Finette est morte et je m'en suis allée de Saint-Erre et Saint-Erre s'en est allé de moi. L'égalité, l'égalité, c'est ce qu'ils crient. Je ne veux pas l'égalité, je veux que tout me soit égal. Quand il ne reste rien, tout est égal.

*

*   *

Le peintre est revenu. Il se tenait sur le seuil de la chambre et me regardait avec gêne. Je m'aperçus qu'il était beau.

– Vous m'avez tirée d'affaire, ai-je dit, je vous dois sans doute la vie.

– Je vous ai tirée d'affaire, mais seulement après que vous fussiez impliquée à cause de moi ; car je suis du parti adverse, et j'ai intrigué contre les vôtres. Vous devriez combattre à mes côtés ; car les vôtres vous ont trahie, vos proches ont été vos adversaires.

Gagnée par son embarras je regardais par la fenêtre ; soudain je me suis retournée.

– Vous voulez me le prendre, dis-je, c'est pour lui que vous venez.

– C'est pour lui, et contre lui.

Il me sembla que tout mon sang me quittait d'un coup.

– Il est presque mort, laissez-le moi !

Le peintre a vu ma peur, et il a fait un pas en avant, comme pour me prendre dans ses bras ; une autre peur m'a figée : il a reculé.

– Je ne vous ferai jamais de mal, au contraire je vous ferai tout le bien que je pourrai.

– Pourquoi me protégez-vous ?

– Parce que nous sommes du même parti. Je l'ai su la première fois que je vous ai vue. Quand je fais le portrait d'une personne son âme sort et s'inscrit sur ses traits. C'est pour cela que j'aime peindre, je ne me lasse pas de ce mystère. C'est l'âme que je veux atteindre. Je suis chaque fois déçu. Le portrait fini l'âme rentre en sa demeure: je n'ai jamais traduit que l'enveloppe. Je ne suis qu'un peintre médiocre...

– Il s'agit bien de peinture à présent, interrompis-je. C'est de la vie que je parle et non de ce que vous figez sur vos toiles. Malgré vos belles paroles vous êtes comme les autres, assoiffé de sang. Seule une mort pourra vous satisfaire. Prenez plutôt ma vie et laissez Saint-Erre en paix.

– Pourquoi vous sacrifiez-vous ?

– Il ne s'agit pas de sacrifice. Il est plus doué pour la vie que moi, il aime les plaisirs, laissons-les lui. Pour moi rien n'a plus de sens, la mort me délivrerait.

– Je ne veux pas que vous mouriez. Je vous veux pour moi, je le voulais déjà en vous peignant. C'était inutile alors, tout nous séparait. Je n'avais rien et vous aviez tout. Maintenant vous n'avez plus grand-chose. Et moi on m'écoute, on me suit.

– Vous voulez me prendre comme d'autres ont emporté les plats d'argent du vaisselier. En ces temps de revanches et de dépouilles je m'égarerais avec vous. Je suis déjà perdue, pourquoi me perdre une seconde fois ? Je ne veux pas qu'on me sauve, je veux qu'on sauve mon mari. Ici sans médecin il ne se réveillera jamais.

– Vous voulez vraiment le sauver ?

– C'est la seule chose qui m'importe encore.

– Je trouverai une voiture, on l'emmènera à Bordeaux avec un sauf-conduit. Je sais que madame de Forsages n'a pas encore trouvé de bateau : elle veillera sur lui.

Ainsi la fin de partie serait à Lucie, Saint-Erre lui reviendrait ! Mon cœur se déchira. Je vivrai avec un cœur déchiré, me dis-je. On peut vivre avec un cœur déchiré. Tout me sera égal.

– Et moi, s'il va à Bordeaux ?

Le peintre me regarda sans rien dire.

– Je pars avec vous, c'est cela ?

– Puisque tout vous est égal, répondit-il, devinant une fois de plus mes pensées. Qu'est-ce que cela peut faire, moi ou un autre ? Vous le sauvez, vous vous sauvez...

Le jeu avait changé de main, mais c'était toujours un jeu ; les hommes nous bornent et nous règlent et ne connaissent rien d'autre.

– Vous savez bien que je n'ai pas le choix.

– Nous vivons tous ainsi. Tout est tracé ; et dans cette absence de choix, on choisit quand même.

– Vous avez raison, lui dis-je ; je choisirai, j'ai choisi.

Son visage s'éclaira. Il avait vraiment un beau sourire. Sa vie avait été difficile, et il était courageux ; tout paysan qu'il était, les qualités de gentilhomme, il les avait.

– Je reste avec lui.

Sa joie s'évanouit, cela me serra le cœur.
– Il ne vous est plus rien ! dit-il.
– Il ne m'est rien ; c'est mon mari !
– Vous disiez qu'il allait mourir ici ! À Bordeaux...
– Les châteaux brûlent, on détrousse et pille, les fossés regorgent de coupe-jarrets. Il est sans défense, on se jettera sur lui dès qu'on verra la voiture. Car en ces temps les agneaux se font loups, les loups se font agneaux. Je l'enverrais plus sûrement à la mort sur les routes qu'en le gardant ici.
– Mais il est déjà mort, dit le peintre, il est déjà mort ou presque !
– Tout ce que j'aime est déjà mort ou presque. Même moi.

*
* *

Après le départ de Baptiste, j'ai trouvé sur la cheminée une miniature. L'autoportrait était réussi : l'âme voletait sur le visage aux boucles blondes qui souriait sous l'émail. Je l'ai mise à mon cou, je me suis regardée dans la glace. Derrière moi, le lit mis à sac se reflétait, Saint-Erre y reposait. J'ôtai le médaillon de mon cou, je le mis dans la poche du tablier de Finette, que je porte pour m'occuper du blessé.

*
*   *

Ils ne sont pas revenus. Je ne compte plus les jours. L'été s'achemine vers sa fin. Il a fait très chaud et plu beaucoup. Dans le parc la nature ensauvagée ne connaît plus ses limites. Les herbes sont très hautes, des arbrisseaux naissent sur ce qui fut la grande pelouse. Des lapins y jouent, des merles se querellent sur la terrasse du boudoir, des bourdons gavottent dans les corolles. Un renard m'observe depuis l'étang. Les plantes dressent un mur autour de moi et les animaux me gardent. Des ronces poussent le long des grilles, des lianes les enlacent. Le vent m'apporte, puissante, l'odeur de la sève. Parfois l'immobilité me pèse, et je vais courir dans les herbes, je me roule sous les arbres. Je cueille les mûres et les framboises, je m'en barbouille la bouche. J'arrache des brassées de carottes sauvages, de coquelicots, de gueules-de-loup et de cœurs-de-marie, j'enfouis mon visage dedans.

Le silence est total. Les bruits de la nature ne sont pas des bruits, ils ne sont que les instruments de la symphonie du silence. Saint-Erre et moi sommes seuls sur la terre.

Je trais la chèvre qui s'est réfugiée dans la grande salle par une nuit d'orage. Je fais couler le lait par cuillerées dans la bouche du blessé. Il y a de la farine, je fais du pain. Je l'émiette dans le lait tiède et lui en fais avaler un peu. Je tiens longuement sa main ; par deux fois, très brièvement, ses doigts ont pressé ma paume. Ses paupières protègent ses yeux sombres comme l'étang un jour de pluie. Toutes les lignes de son visage sont inscrites en moi comme le parc au dehors et plus encore ; c'est devenu le paysage de mon cœur.

*
* *

Mes nuits sont riches de rêves ; il me semble parfois que c'est en dormant que je m'éveille. Je rejoins Saint-Erre alors dans son lointain crépuscule et il me parle comme il ne m'a jamais parlé :

– Je vous ai fait du mal et maintenant je vais mourir, et en mourant je vais encore vous faire du mal, je le sais. La mort même ne vous débarrassera pas de moi. Vous me pleurerez, vous ne vivrez pas mieux sans moi qu'avec.

– Vivre n'est rien, c'est seulement être là, réponds-je. Et vous êtes là, vous êtes encore là.

– Je ne voulais pas vous faire du mal, je voulais vous faire du bien et à moi aussi. Je nous ai fait du mal quand même, je ne connais pas d'autre chemin. Je me maudis de vous avoir épousée. Je n'ai pas compris ce que je faisais. Je n'avais pas le droit mais je me moquais bien du droit, j'avais tort.

– Tant pis, je suis votre femme, je vous ai aimé et vous aimer ne sert à rien. Rien ne sert à rien, tout est pareil à tout.

– J'aurais dû vous rendre heureuse…

– Je suis heureuse, on est heureux quand tout est pareil, parce qu'on n'a plus peur de rien.

– Je vous ai fait souffrir. J'étais stupide, je voulais vous voir souffrir. Quand vous souffriez je souffrais moins.

– Souffrir n'a pas beaucoup d'importance, ce n'est pas parce qu'on souffre qu'on n'est pas heureux, le bonheur est juste en dessous.

– Nous demeurons maintenant apaisés dans cette chambre, pourtant c'est trop tard.

– Trop tard ou trop tôt, il faut faire ce qu'on peut et même cela ne sert pas à grand-chose ; pourtant il faut le faire.

– Vous ne voulez même plus me parler, cela vous ennuie.

– Rien ne m'ennuie, je ne veux plus rien. Juste être là, puisque je suis là. Tant que je serai là je voudrai être là, et quand je ne serai plus tant mieux, tant pis, j'irai nourrir les herbes du parc.

– Si je me réveille, s'ils nous oublient, nous pourrions recommencer.

– Ce ne serait plus la même chose.

– Vous ne m'aimez donc plus ?

– Je n'aime plus un homme, j'aime tout. Il ne faut pas faire le détail dans l'amour. On est trop déçu. En aimant tout il restera bien quelque chose.

– N'avez-vous plus d'amertume ?

– Un monde s'achève, c'était le mien. Un autre naît, dans la souffrance. Je ne suis pas sûre de vouloir voir cela, je ne suis pas sûre de pouvoir le supporter. J'aimais celui qui s'achève bien qu'il eût beaucoup de mauvais, parce que c'était le mien. Mais je sais ce qui me dépasse.

*
* *

Dans la journée je rêve aussi, mais ce ne sont pas les mêmes rêves. Parfois j'imagine que je quitte la chambre rouge, laissant derrière moi le prince endormi. Dehors sur la route le peintre attend. Je monte en croupe sur son cheval et nous partons. Je me retourne une dernière fois sur la dentelle de fer des grilles, l'aile planante des ramiers sur la masse mouvante des chênes, les corneilles ceignant la tour d'arabesques. Je dois m'enfuir maintenant, sinon les arbres et les buissons grandiront jusqu'à ce qu'on ne voie plus rien, jusqu'à ce qu'on ne puisse plus passer, qu'on ne puisse jamais sortir du château.

Quand le rêve se dissipe, je suis toujours dans la chambre de feu.

*

* *

Chaque jour le renard s'approche un peu plus près. La flamme qui ne danse plus dans les yeux de Saint-Erre danse au fond des siens. Je voudrais jouer avec lui, toucher sa fourrure.

*

* *

Je regarde si dans la vallée personne ne vient ; mais personne ne vient. Aucune voiture ne point à l'horizon, la silhouette du peintre avec son attirail ne chemine pas le long du ruisseau. La route poussiéreuse est déserte, les moissons mêmes sont abandonnées. Je ne sais pas jusqu'à quand cela durera ; mais nous sommes sortis du temps.

Je ne regrette rien, je ne souffre pas, je rends grâce de tout.

J'attends le réveil.

CET OUVRAGE
A ÉTÉ ACHEVÉ D'IMPRIMER SUR ROTO-PAGE
PAR L'IMPRIMERIE FLOCH À MAYENNE
EN AOÛT 2002

Éditions du Rocher
28, rue Comte-Félix-Gastaldi
Monaco

Dépôt légal : juin 2002.
N° d'édition : CNE section commerce et industrie
Monaco : 19023.
N° d'impression : 54906.

Imprimé en France